春潮NOV+

回到分歧的路口

03
露西·巴顿
四部曲

OH
WILLIAM!

哦，威廉！

Elizabeth Strout
[美] 伊丽莎白·斯特劳特 ——— 著 张芸 ——— 译

中信出版集团 | 北京

图书在版编目（CIP）数据

哦，威廉！/（美）伊丽莎白·斯特劳特著；张芸译. — 北京：中信出版社，2025.4. -- ISBN 978-7-5217-6989-0

I. I712.45

中国国家版本馆 CIP 数据核字第 20247RB519 号

Copyright © 2021 by Elizabeth Strout
All rights reserved including the right of reproduction in whole or in part in any form.
This edition published by arrangement with Random House, an imprint and division of Penguin Random House LLC
Simplified Chinese translation copyright © 2025 by CITIC Press Corporation
ALL RIGHTS RESERVED
本书仅限中国大陆地区发行销售

哦，威廉！
著者：　[美] 伊丽莎白·斯特劳特
译者：　张　芸
出版发行：中信出版集团股份有限公司
　　　　　（北京市朝阳区东三环北路 27 号嘉铭中心　邮编　100020）
承印者：　河北鹏润印刷有限公司

开本：787mm×1092mm 1/32	印张：8.5	字数：150 千字
版次：2025 年 4 月第 1 版	印次：2025 年 4 月第 1 次印刷	
京权图字：01-2024-2298	书号：ISBN 978-7-5217-6989-0	

定价：49.80 元

版权所有·侵权必究
如有印刷、装订问题，本公司负责调换。
服务热线：400-600-8099
投稿邮箱：author@citicpub.com

献给我的丈夫吉姆·蒂尔尼
以及每个需要这本书的人——
它是为你而写的

目录

第一章　1

第二章　107

致谢　263

第一章

我想简单谈谈我的第一任丈夫威廉。

威廉近来经历了一些悲痛万分的事——我们中的许多人亦然,但我想把这些事讲出来,我觉得好像非讲不可;他如今七十一岁。

我的第二任丈夫大卫去年过世,在哀悼他的同时,我也为威廉感到哀伤。哀伤就是那样——哦,这种心情无法诉于人知,这是它令人害怕的地方,我想。那感觉像是从一栋非常高的玻璃建筑外滑落,但没有人看见你。

不过在这里,我想讲的是威廉。

*

他的全名叫威廉·格哈特，我们结婚时，虽然已不流行那么做，但我还是改随了他的姓。我的大学室友说："露西，你要改随他的姓？我以为你是女权主义者。"我告诉她，我没兴趣当女权主义者；我告诉她，我不想再是原来的我。那时，我觉得我厌倦了做自己，从小到大，我一直想摆脱原本的我——这是我当时的想法——因此我改随他的姓，当了十一年露西·格哈特，但我总觉得那个名字不对劲，所以威廉的母亲一死，我就去车管局，把驾照上的名字改回我的本名，只是手续比我预想的更麻烦。我必须再去一趟，递交几份法院公文。但我改回来了。

我又变回露西·巴顿。

到我离开他时，我们已结婚近二十年，有两个女儿。长久以来，我们保持友好的关系——怎么做到的，我并不清楚。因离婚而反目成仇的例子很多，但除了分开这件事以外，我们并未闹得不可开交。有时，我以为自己会因我们的分离之痛、加上这样做给女儿们造成的伤痛而心碎欲绝，可实际没有，我仍好好地活着,威廉也是。

由于我从事小说创作,下面的事多半被我写得近似小说一般,但事情是真的——我尽我所能把它写成真实的事。并且我想说——哦,要知道该说什么实在不容易!可当我在叙述威廉的二三事时,要么这些事是他亲自告诉我的,要么是因为我亲眼所见。

好吧,我将从威廉六十九岁时讲起,也就是不到两年前。

*

插播:

不久前,威廉实验室的助理开始称呼威廉"爱因斯坦",对此威廉似乎满心欢喜。我觉得威廉看起来一点儿也不像爱因斯坦,但我理解那姑娘的意思。威廉留着一把花白、浓密的大胡子,但这把胡子多少经过修剪,而且他有一头浓密的银发。那头发虽然剪过,但根根直立。他个子很高,穿着非常讲究。他没有我印象中爱因斯坦所显露的那略带痴狂的神色。威廉脸上经常像戴着一张和蔼可亲的面具，他鲜少有仰头开怀大笑的时候；我已经很久没见过他那样笑了。他的眼睛是棕色的，依旧很大；上了年纪，不是每个人的眼睛都能像年轻时那么大，但威廉的眼睛是。

话说回来——

每天早晨，威廉在他位于河滨路的宽敞的公寓里起床。想象一下——他掀开松软、套着深蓝色全棉被罩的被子，走进浴室，他的妻子仍在他们的加阔大床上熟睡。每天早晨，他会浑身僵硬。但他锻炼、做运动，他走到外面的客厅，仰面躺在那块黑红拼色的大地毯上，上方是那盏古董枝形吊灯，他像骑自行车般在空中蹬腿，然后往不同方向拉伸双腿。接着他挪到窗旁那张栗红色的大椅子上，从那扇窗可以眺望哈德孙河对岸，他会坐在那儿用他的手提电脑看新闻。在某个时刻，埃丝特尔会从卧室里出来，睡眼惺忪地朝他挥手，接着她会叫醒他们的女儿——十岁的布里奇特，等威廉冲完澡后，他们三人在厨房的圆桌旁吃早餐。威廉喜欢这套固定的惯例，他的女儿是个话匣子，这点亦让他乐在其中。他曾说，听她讲话仿佛在听一只鸟儿叽叽喳喳,她的母亲也是个话匣子。

离开公寓后,他步行穿过中央公园,然后坐地铁往下城方向,在第十四街下车,接着走完剩下的路,抵达纽约大学。虽然他注意到他的脚步赶不上那些与他擦身而过的年轻人,但他仍享受每天这段步行的时光。那些年轻人或提着装在袋子里的食物,或推着有两个娃的婴儿车,或穿着弹力紧身裤、戴着耳机,把他们的瑜伽垫用一条橡皮带绑住、挎在肩上。令他欣慰的是他可以超过许多人——那个用助行器的老翁,一名拄着拐杖的妇女,或甚至恰是一位与他同龄但行动比他缓慢的人——这让他觉得自己健康、有活力,在往来不绝的车流中几乎没有东西能伤及他。他为自己每天走一万多步而感自豪。

威廉觉得(几乎)没有东西能伤及他,我在这里要说的是这个。

有些日子,在这晨间的步行途中,他会思忖,天哪,我有可能跟那人一样!那边,那个坐着轮椅、在中央公园晨光下的人,长椅上有名护工,正在手机上打字,轮椅里的男人,头向前垂至胸口;或者他有可能跟那个人一样！一条胳膊因中风而弯着、无法伸直，步履不稳。但威廉转念会觉得：不，我和那些人不一样。

他和那些人不一样。如我先前所言，他个子很高，未因年纪而发福（仅有一点肚腩，穿着衣服时基本看不出来），他没有秃头，虽然现在头发白了，但仍浓密，这就是他——威廉。他还有妻子，是他的第三任太太，比他小二十二岁。这点非同小可。

但在夜里，他常出现惊悸。

这是有一天早上威廉告诉我的——在不到两年前，当时我们在上东区碰面喝咖啡。我们在一家位于第九十一街和列克星敦大道相交路口的小餐馆见面。威廉有很多钱，他也捐出去很多，其中一个捐赠对象是一家为青少年开设的医院，离我的住处不远。过去，他在那儿有晨会时会打电话给我，我们会在这个街角喝杯咖啡，小聚一下。那天——时间是三月，再过几个月将是威廉的七十寿辰——我们坐在这间小餐馆角落的一张桌旁。餐馆的窗户上涂绘了庆祝圣帕特里克节的三叶草，我觉得——我的确这么觉得——威廉看上去比平时疲惫。我经常认为威廉上了年纪后样貌更好。那满头的银发使他气质出众，他把头发留得比以前略长一点，那些头发微微竖起，不紧贴头皮，与他垂下的大胡子相得益彰。他的颧骨越发突出，他的眼睛依旧乌黑，那样有一丁点怪异，因为他会全神贯注地看着你——表情温和——但另一方面，他的目光不时具备短暂的穿透力。至于他用那目光看穿的是什么，我从不知晓。

那天在小餐馆，当我问他"近来如何呀，威廉？"时，我预计他会一如既往、用反讽的口气说"嗨，我好得很，谢谢你，露西"。但这天早上，他只说："我还行。"他穿了一件黑色长大衣，在坐下前，他把大衣脱了，对折搭在旁边的椅子上。他的西装是定制的，自认识埃丝特尔以来，他一直穿定制的西装，所以肩膀处十分服帖；那套西装是深灰色，搭配他浅蓝的衬衫和红领带。他神情严肃，双臂交叉抱于胸前，这是他的惯常动作。"你气色不错。"我说。他说"谢谢"。（这些年来，我们每次见面，我想威廉从未夸过我气色好或样子漂亮，甚至连一句"看起来身体无恙"也没有,说真的,我总希望他能讲点这种话。)他为我俩点了咖啡,他一边轻轻拽拉他的胡子,一边飞快地扫视店堂。他讲了一会儿我们女儿的事——他担心小女儿贝卡在恼他,有一天他只是打电话想和她聊一聊,电话里她对他隐隐有几分不客气。我告诉他,他能做的只有给她空间,她正在适应她的婚姻生活。我们像那样谈了片晌,然后威廉看着我说:"芭嘟,我想跟你讲点事。"他把身子向前一倾,"最近我半夜老有可怕的惊悸"。

当他用了过去对我的爱称时,这表示在某种程度上他难得用了心思,每当他那样叫我时,我总是有所触动。

我说:"你指的是噩梦吗?"

他侧过头,仿佛思索了一下,然后说:"不。我醒着。是在黑暗中,有东西朝我走来。"他还补充道:"我以前从未遇过这样的事。但很吓人,露西。真的吓死我了。"

威廉又倾身,放下他的咖啡杯。

我端视他,接着我问道:"你有没有在吃什么别的药?"

他略露不悦之色地说:"没有。"

于是我说:"那么,试试吃点安眠药。"

他回道:"我从不吃安眠药。"这点我不感到意外。但他说他的妻子吃;埃丝特尔服用各式各样的药丸,他已经不想去搞清她晚上服下的那把东西是什么了。"现在我要吃药啦。"她会快活地说,半个小时后她就睡着了。他说他不介意妻子服药,但他自己用不着。然而,四个小时后他常会醒来,惊悸也开始频繁出现。

"跟我讲讲看。"我说。

他讲了,一边讲,一边偶尔瞥我一眼,仿佛他仍深陷在这些惊悸中。

惊悸一:这类惊悸难以描述,但与他的母亲有点关系。他的母亲——名叫凯瑟琳——早在很久、很久前已经过世,但在这类夜惊中,他竟感觉到她在旁边,可她的存在并不令人愉快,这点出乎他的意料,因为他是爱她的。威廉是独子,他始终深晓母亲(私下里)对他霸道的爱。

他醒着躺在床上,身旁是熟睡的妻子——那天他这么对我讲,我听了心里颇不是滋味——为从这惊悸中平复心情,他会想到我。他会思忖,此时此刻,我在另外某个地方活着——我还活着——这让他感到安慰。因为他知道,如果他走投无路,他边说边把勺子搁在咖啡杯的杯托上——虽然他绝不会想要在半夜这么做,但他知道,万一他走投无路,我会接听他的电话。他告诉我,他觉得我的存在能给他最大的慰藉,这样他可以重新入睡。

"当然,你可以随时打电话给我。"我说。

威廉翻了个白眼,"我知道可以。我就是那个意思。"他说。

另一种惊悸:这类惊悸与德国及他的父亲有关,威廉的父亲在他十四岁时去世。他的父亲是二战时的德国战犯,被遣送至缅因州的土豆地里劳动,他在那儿认识了威廉的母亲;当时她已嫁给那座土豆农场的场主。他的父亲曾为纳粹而战,这可能一直是威廉心中最大的阴影,有时威廉会在夜里想起这个令人不堪的事实,产生惊悸——他的眼前会十分清楚地浮现集中营。我们有一次去德国时参观过集中营——那些向人施放毒气的房间会浮现在他的眼前,然后他将不得不起来,走到客厅里,开灯,坐在沙发上,眺望窗外的河,不管如何想我或想任何别的事,都无助于平复这惊悸。这类惊悸不如与他母亲有关的那些惊悸出现得频繁,但每次袭来时,情况甚是严重。

还有一种:这种惊悸和死亡有关。它牵涉的是离去的感觉,他会觉得自己快要离开人世,而他不相信有任何来生,所以在某些夜晚,他的内心会因此充满一种恐惧。但通常他会继续躺在床上,只有偶尔几次,他起身,走进客厅,坐在窗旁那张栗红色的大椅子上看书——他爱读传记——直到他觉得自己可以重新入睡为止。

"你有这样的惊悸多久了?"我问。我们所在的那家小餐馆在当地已有年头,每天这个时候都坐满了客人。我们的咖啡上来后,服务员丢了四张白色餐巾纸在桌上。

威廉望向窗外,似乎正在注视一位拄着助行器的老妇,那助行器带着一个座椅,她行动缓慢,驼着背,风吹起她身后的外套。"几个月,我想。"他说。

"你的意思是,你突然莫名其妙地出现这些惊悸?"

当时他看着我,他的眉毛在乌黑的眼睛上方变得粗浓,他说:"我想是的。"少顷,他往椅背上一靠说:"想必是因为我老了。"

"有可能。"我说。但我怀疑事情并非如此。威廉对我来说始终是个谜——对我们的女儿来说也是。我试探性地说:"你想找个人聊聊这些事吗?"

"天哪,不要。"他说。我对他还是有一定的了解,我料到他大概会有此反应。"可确实很吓人。"他补充道。

"哎,威利,"我说,我用了许久以前对他的昵称,"我实在感到遗憾。"

"我真后悔我们那次去德国旅行。"他说。他拿起一张餐巾纸,擦了擦鼻子。接着伸手——像他经常的那样,几乎条件反射般——捋了一把胡子。"我最后悔的是我们去了达豪。我的脑中不停浮现那些——那些焚尸炉。"他一边补充,一边拿目光扫视我,"你很明智,没有进去。"

我惊讶于威廉记得那年夏天我们去德国时，我没有走进那些毒气室和焚尸炉。我不进去是因为在那时，我就非常了解自己，知道不该进去，所以我没进去。威廉的母亲前一年过世了，我们的两个女儿一个九岁、一个十岁，正一同参加为期两周的夏令营，所以我们飞到德国——我唯一的要求是我们乘坐不同的航班，我生怕我们同时在空难中丧生，两个女儿因此变成孤儿，事后看来是庸人自扰，我们大有可能在汽车从旁边呼啸而过时双双丧命于德国的高速公路——我们去那儿是为了尽可能查明有关威廉父亲的事，我前面说了，他在威廉十四岁时去世，在马萨诸塞州的一家医院，死因是腹膜炎。他在接受摘除肠息肉的手术时出现穿孔而身亡。早在几年前，威廉得到一大笔遗产，所以那年夏天我们前往德国。原来他的祖父靠战争发了财，当威廉年满三十五岁时，他从一个信托账户继承了那笔钱，这事令威廉苦恼不已，因此我们一起飞去那儿，看望那位老人，他年事已高，我们还见到了威廉的两位姑妈，她们给我感觉客气而冷淡。那位老人，也就是他的祖父，有一双亮晶晶的小眼睛，我尤其不喜欢他。那次旅行，我们俩都不开心。

"你知道吗?"我说,"我相信你夜惊的事会慢慢过去的。它只是某种阶段性的现象——它会自行消失。"

威廉再度看了看我说:"真正令我烦扰的是那些因凯瑟琳而起的惊悸。我搞不懂是怎么回事。"威廉提到他的母亲时总直呼其名,我完全不记得他有过喊她"妈妈"的时候。接着他把餐巾纸放到桌上,站起身。"我得走了,"他说,"每次见到你都很高兴,芭嘟。"

我说:"威廉!你什么时候开始喝咖啡的?"

"许多年前。"他说。他弯腰亲了我一下,他的脸颊碰上去冷冰冰的。他的胡子正好轻轻扎到我的脸颊。

我转头往窗外扫了他一眼,他正疾步朝地铁走去;他不像往常那样身子笔挺。看到他那副模样,我有一点伤心。但我习以为常——每次见过他后,我几乎都有那样的感受。

白天,威廉去他的实验室上班。他是寄生生物学家,在纽约大学教了许多年微生物学;他们仍让他保留实验室，并配了一名学生助理；他不再教课。对于不教课这件事：他意外地发现自己并不怀念——这是他最近告诉我的。原来以前他每次站在讲台上都战战兢兢，直到停止教课后他才明白这回事。

这事为何触动我？我猜是因为我从不知道，而且因为他也从不知道。

所以现在他每天上午十点上班，下午四点下班，他写论文、做研究，指导在他实验室工作的助理。偶尔——一年几次吧，我想——他参加会议，将他的论文宣读给其他同领域的科学家听。

*

我们那次在小餐馆见面后，威廉遭遇了两件事，我很快会讲到。

且让我先简述一下他的婚史：
我，露西。

我在芝加哥市郊上大学，威廉担任我大二时生物课的助教,他是研究生,我们因此而相识。他比我年长七岁,当然,现在仍是。

我的家境异常贫寒。说到我就不能不提这一点,这非我所愿,但事实如此。我来自伊利诺伊州中部,我们家的房子小极了——在搬入那间斗室前,我们在车库住到我十一岁为止。住在车库时,我们用一个简易的马桶,但那马桶时常坏掉,令我的父亲气恼。还有个旱厕,我们必须穿过一片田野才可到达。我的母亲曾给我讲过一则故事,说有个男的被人砍了头,他的头被放在某个旱厕里。这故事让我吓破胆,每次掀开那旱厕的马桶盖,我总以为自己看见了那个男人的眼球。我会经常趁四下无人时去田里上厕所,尽管在冬天这样做更难一点。我们还有一个便盆。

我们的住所周围是大片大片的玉米田和大豆田。我有一个哥哥和一个姐姐,那时我们的父母都健在。但发生了天大的丑事,先是在车库,后来又在那间斗室。我写过一些发生在那个家里的事,我不大想再赘述。但我们那时真的穷得可怜。所以我要讲的只有下面这段往事:我在十七岁时获得全额奖学金,可以去芝加哥市郊的那所大学上学,我家里的人顶多念到高中。我的辅导员开车送我去学校，她叫纳什太太。八月末的一个周六上午十点，她来接我。

前一晚我问母亲，我该带些什么东西，她说："我才不管你带什么东西呢。"所以最后，我拿了两个在厨房水池下面找到的购物纸袋，然后又从父亲的卡车里拿了一个盒子，我把我仅有的几件衣服放进纸袋和盒子里。翌日早晨，我的母亲在九点半驱车离去，我追着跑到屋外长长的泥土车道上，我大喊："妈！妈咪！"但她转上公路驶走了，那路口有块手绘的牌子，写着：裁缝改衣。我的哥哥和姐姐不在家，我不记得他们人在哪里。快到十点，当我动身朝门口走去时，我的父亲发话："需要的东西都带齐了吗，露西？"我看着他，他的眼中噙着泪水，我说："带齐了，爸爸。"其实我并不知道上大学需要带什么。父亲拥抱了我，他说："我想我还是留在屋里吧。"我理解，我说："好的，我去外面等。"我带着装了仅有的一点衣服的纸袋和盒子，站在屋外的车道上，直至纳什太太的车朝我驶来。

从我坐进纳什太太的车的那刻起，我的人生改变了！噢，一切都不一样了！

而后我认识了威廉。

我要开门见山地说：现在我仍非常胆怯。我想必定是因为年少时的境遇，而且我很容易感到害怕。例如，几乎每晚，当太阳下山时，我仍感到害怕。或是有时，我会突然觉得提心吊胆，仿佛会有什么可怕的事降临在我头上。不过当我初遇威廉时，我不知道自己有这毛病——只是觉得——噢，我大概觉得我的个性就是如此。

可当我在准备与威廉离婚之时，我去看了一位精神科医生，她亲切和善，第一次就诊时，她问了我若干问题，我一一回答，当时她把眼镜向上推至头顶，跟我讲了一个名词，指称我的问题所在："露西——你有十分严重的创伤后应激障碍。"这句话对我起了一定疗效。我的意思是，有时给东西定名能有所帮助。

我在两个女儿即将去外地上大学之际与威廉分开。我成了作家。我指的是，虽然我一直坚持写作，但我终于开始有书出版——之前我出版过一本书——但我开始有更多的书出版，我想说的是这个。

乔安妮。

我们的婚姻结束后,大约过了一年,威廉娶了一个和他曾有六年私情的女人。可能不止六年,我不清楚。这个女人叫乔安妮,是我和威廉自大学以来共同的朋友。她外表看起来与我正相反,我指的是,她个子高,有一头黝黑的长发,她性格文静。与威廉结婚后,她变得满腹怨恨,他没想到会那样,(以下是他最近告诉我的)因为她觉得,为了当他的情人——不过,情人一词是我现下采用的说法,他们俩谁都不用这个词——她牺牲了自己的生育机会,所以在他们过了新婚蜜月期后,她对威廉和我所生的两个女儿——尽管乔安妮是看着她们长大的——仍总心存芥蒂。他讨厌跟乔安妮去见婚姻辅导员。他认为那位女辅导员聪明睿智,他认为乔安妮不是特别聪明睿智,但之前他并未意识到,直到置身于那间办公室,里面摆着暗淡无光、带灰色靠垫的沙发,那女人坐在他们对面的转椅上,屋内没有自然光,唯一的窗户上糊了一张宣纸,不让光从窗子对着的天井照进来,直至去了那里他才悟出这一点,乔安妮头脑平庸,那么多年来他之所以被她吸引，纯粹由于她不是他的妻子——露西——我。

他勉为其难地接受了八周辅导。"你只想要你得不到的东西。"在他们共度的最后一晚，乔安妮平静地对他说，而他——照我的想象，双臂交叉抱于胸前——一言不发。这段婚姻维持了七年。

我恨她。乔安妮。我恨她。

埃丝特尔。

他的第三次婚姻娶了一个温柔体贴（比他年轻许多）的女人，虽然他们相识时，他反复告诉她，他不想再添子女，但他还是和她生了一个孩子。当埃丝特尔告知他自己怀孕的消息时，她说："你大可先做结扎的。"他忘不了那句话。他可以，而他没有。他意识到她是故意怀孕的，于是他立刻去做了结扎——没告诉埃丝特尔。等那小女孩出生后，他发现老来得子的结果是：他爱她。他非常爱她，一看到她，尤其是幼年时的她，几乎每每令他想起他与我所生的两个女儿，后来，当她渐渐长大后，这种心情越发强烈，当他听说有两个家庭的男人——他把自己算在其中——会花更多时间陪年纪较小的孩子，年长的孩子会对年纪较小的孩子怀恨在心之类的，他总暗自觉得，哦，我不是那样。因为他的女儿，他和埃丝特尔的女儿布里奇特，令他不时情难自抑，从内心深处对他的另外两个女儿涌出一股怀旧带来的爱，这两个女儿现在已三十好几。

白天和埃丝特尔通电话时，他有几次喊她"露西"，埃丝特尔总是哈哈一笑，不以为忤。

*

我再一次见到威廉是在他的七十岁生日宴会上，由埃丝特尔为他张罗，在他们的公寓。那是五月底，一个晴朗无云的夜晚，但冷飕飕的。我的丈夫大卫也受到邀请，他是大提琴手，在纽约爱乐乐团演奏，但那晚他有一场音乐会，所以我只身前往，我们的女儿克丽茜和贝卡，带着她们的丈夫。此前我去过那间公寓两次，一次是贝卡的订婚宴会，另一次是克丽茜的生日会，我一点儿也不喜欢那里。它像一个幽深的洞穴，随着往里走，房间一个接一个地呈现在眼前，可我觉得里面黑黝黝的，而且照我的喜好来看，装潢过于烦琐，几乎所有东西都是过繁的。我见过其他出身贫寒的人，他们经常通过拥有富丽堂皇的公寓来作为曾经的补偿，但我和大卫住的公寓——现在我仍在住的——简单朴素。大卫也出身贫寒。

不管怎样，埃丝特尔来自纽约州的拉奇蒙特，她家境富裕，埃丝特尔和威廉，他们两人为自己设计的家让我暗地里百思不解，因为它不像一个家，它给人感觉更似如下：铺着木地板的房间一个接一个盖着漂亮的厚地毯，房门入口处安装了木墙板，在我看来只是许多深色的木头，进而是各处的几盏枝形吊灯。还有一个跟我们的卧室一般大的厨房，我的意思是，就纽约的厨房来说，它大得出奇，里面有许多铬合金制品，同样也有那种深色的木头，木制的橱柜等等。厨房里有一张圆木桌，餐厅里还有一张更大的长木桌，四周安装了镜子。我知道屋内的陈设昂贵，窗旁那张栗红色的软椅是一宗大件，深褐色的沙发上摆着天鹅绒靠垫。

我要说的是，我完全看不懂那地方。

威廉生日会当晚，我途经一家位于街角的便利店，买了三株包着塑料套的白色郁金香带去那里。回想起来，我觉得我们总会按自己的喜好挑选东西当礼物，这一点千真万确。屋内人头攒动，虽然宾客不及我原本预想的那么多，但在那种场面下，我仍感到紧张不安。你开始与某个人攀谈，另一个人过来，你不得不打断自己，继而你发现他们的目光在你讲话时四处环顾——你明白这是怎么回事。这样的应酬给人很大的压力，不过两个女儿——我们的女儿——真是可人极了，我发现她们对布里奇特也很好，看到她们这样，我很高兴，因为她们在与我提起她时，偶有微词，当然我站在她们一边，她们认为她没头脑、肤浅，诸如此类的，但她还是个孩子，长得漂亮，她知道自己漂亮。而且她还有钱。这些不是她的错，我每次见到她时都这么对自己讲。她跟我非亲非故。但她与我的女儿有血缘关系，所以就这样吧。

现场有不少曾在纽约大学和威廉一同共事过的上了年纪的男士，以及他们的太太，其中有些和我是多年前的旧识，这倒无所谓。可烦人的是，有个名叫帕姆·卡尔森的女人——她和威廉相识于许多年前,他们曾一起在某实验室工作——她喝醉了。许久以来我仍多少记得她,那天生日会上,她与我聊个没完。她不断谈起她的第一任丈夫,鲍勃·伯吉斯。她问我记不记得他?我说,抱歉,我不记得。帕姆那晚打扮得非常时髦,身着一条我根本不会考虑的连衣裙,我的意思是,那裙子很紧身,可她穿了进去,一条在我看来胸口开得格外低的无袖黑色连衣裙,不过她的胳膊瘦削,尽管想必她与我差不多年纪,六十三岁,但看起来她似乎会去健身房锻炼,她酒后的样子有点令人同情。她朝站在一定距离外的丈夫颔首,她说她爱他,但她发现自己时常想起鲍勃,她问我对威廉也是这样吗?我说"偶尔",接着我道了声"请原谅",从她身旁走开。我觉得自己真的快醉到会跟帕姆谈论威廉,说我什么时候特别思念他,但我不想那么做,所以我往贝卡站的地方走去,她按揉我的胳膊说:"嗨,妈咪。"接着埃丝特尔致祝酒词。她身着一条面料里嵌了亮片的连衣裙,肩膀处亦有非常优雅的垂褶。她是个妩媚的女人,我素来喜欢她的头发,棕红色,有一点蓬乱,她讲完这祝酒词,我心想:她的表现真棒。不过她是职业演员。

贝卡低语："哦，妈妈，我得致个祝酒词！"我说："不，你不用。你为什么那么想？"

可接着克丽茜致了祝酒词，讲得十分不错，我不记得全部内容，但不亚于——甚至可能胜过——埃丝特尔的。我只记得她提到——在致词中间——她父亲的工作，他为帮助这么多学生所做的一切。克丽茜像她的父亲，个子高，她有一股镇定自若的气质；她向来如此。贝卡看看我，棕色的眼眸中藏有畏惧，接着她咕哝道："哦，妈咪，好吧。"她说完，举起酒杯，"爸爸，我爱你，干杯。我对你的敬酒词就这一句。我爱你。"人们鼓掌，我拥抱她，克丽茜走过来，两个姑娘相处愉快，在我看来，她们几乎历来如此。在我的印象中，她们一向亲密得近乎反常，她们都住在布鲁克林，彼此相隔两个街区。我又和她们的丈夫聊了几分钟，克丽茜的丈夫从事金融业，想到这一行，威廉和我都觉得有点陌生，无非由于威廉是科学家，我是作家，所以我们不认识在那个圈子工作的人，他为人精明，从他的眼睛可以看出这一点；贝卡的丈夫是个诗人，哦，上帝啊，那可怜的家伙，我觉得他以自我为中心。而后威廉走来，我们大家畅谈了一会儿，直到有人把他叫走，走开前，他弯下腰说："谢谢你来，露西。你能来太好了。"

*

在我们的婚姻生活中，我时而憎恨他。怀着一种如石头般压在胸口的恐惧，我察觉到，他的相敬如宾、和颜悦色令人无法接近。但这不是最糟的。在他高姿态的和蔼可亲底下，潜藏着好似青少年那样的暴躁脾气，勃然色变，像个胖墩墩、下嘴唇向前噘出的小男孩，怪罪这个那个——他怪罪我，我时常这么觉得。他在因某些与我们眼前的生活无关的事而怪罪我，即便在他喊我"甜心"、为我冲咖啡时，他也对我流露怪罪之意，从前他不喝咖啡，但每天早上他都为我冲一杯，放到我的面前，仿佛自己是圣人。

留着那杯该死的咖啡吧，有时我想大喊，我会自己冲咖啡。但我接过他递来的咖啡，摸摸他的手说："谢谢，甜心。"接着我们又开始新的一天。

*

那晚，在坐出租车回家、穿过市区和中央公园时，我心里想着埃丝特尔。她长得这么漂亮，她有一头红棕色、自然狂野的头发和闪亮的眼睛，她的性格也非常好。威廉有一次跟我说，她从不郁郁寡欢，我想，他没意识到说这话会伤害我，因为在我们结婚期间，我有时会郁郁寡欢，但今晚我思忖，好吧，我很高兴，她从不郁郁寡欢。与他相识时，她是个无固定职业的舞台演员。威廉只看过她演的一出戏，当时他们已经结婚，那出戏名叫《钢铁侠的坟墓》，是外百老汇的一个小型演出，有一晚，我的丈夫和我同威廉一起去看了那戏。我惊愕地发现，当埃丝特尔在台上不讲话时，她的目光不由自主地投向观众，仿佛在搜寻某人。自那以后，她参加了无数试镜，她在家练习准备，从他们宽敞的客厅的一头走到另一头，扮演格特鲁德、赫达·加布勒或其他任何类型的角色，虽然没有获得演出机会，她却始终乐观开朗。不过她拍了几则广告，有一则在纽约本地的电视台播放，她在广告里介绍香体露。"这一款正适合我，"她说，并眨了下眼，补充道，"我相信"——同时用手指指向镜头——"也会适合你。"

人们常对他们说，他们俩郎才女貌。再者，埃丝特尔也是一位称职的母亲，只是有点儿丢三落四。威廉这么认为，我也同意。布里奇特同样丢三落四，这对母女长得很像，这一点似乎亦让人们着迷。一天——这是威廉告诉我的——他望着她们一同沿人行道往前走，她们刚从格林尼治村的一家服装店出来，她们互相大笑时的举止神态如此相似，把他看呆了。埃丝特尔见到他，大肆挥手，威廉不会做这样的动作，那天，她用打趣的口吻责备他，"当妻子如此高兴见到她的丈夫时，她希望他也因见到她而高兴"。

*

最近，我坐在公寓内，透过窗户凝望城市的景色，我们（我）也可以欣赏宜人的市景和东河。可当我看着城市的灯火和很远以外的帝国大厦时，我想起了纳什太太，就是第一天开车送我去大学的我高中的辅导员——哦，我爱她！车子开到半路，她突然驶下收费高速公路,来到一家购物中心,她轻拍我的胳膊说:"下车,下车。"我们下了车,走进购物中心,接着她把一只手搭在我的肩上,目光与我相对,她说:"露西,你可以过十年再还我钱,行吗?"她给我买了些衣服。她给我买了数件不同颜色的长袖T恤衫、两条裙子和两件上衣,有一件是漂亮的乡村风格的上衣,而我最难忘、让我最爱她的是她给我买的内衣,一小叠我生平见过的最漂亮的内衣,她还给我买了一条合身的牛仔裤。她又给我买了一个小旅行箱!一个米色、有红色镶边的箱子,我们回到车旁时,她说:"我有个主意,我们把东西都放在这箱子里吧。"于是她打开后备厢,把箱子放进去、打开,然后她如此细心周到地用我生平见过的最小巧的剪刀,剪去每个价格标签牌——后来我知悉这种剪刀是用来修手指甲的——接着把我的东西全放进那个箱子里。她做了那么多,纳什太太。十年后,她死了,死因是一场车祸,所以我没机会还她钱,我一直都忘不了她。(每次我随凯瑟琳去购物时,无不想起和纳什太太在一起的那天。)那天我们到了大学后,我半开玩笑地对纳什太太说:"我可以佯称你是我的母亲吗?"她露出惊讶的表情,然后说:"当然可以,露西!"尽管我并未喊她妈妈,可她陪我走进宿舍时,她对人亲切客气,我相信他们认为她是我的母亲。

我将永远——哦,永远!——爱那个女人。

*

几个星期后,威廉从实验室打来电话——他往往在上班时打电话给我——再度感谢我去他的生日会。"你有遇到好玩的人或事吗?"他问。我告诉他我有。我告诉他我和帕姆·卡尔森的谈话,她想聊聊她的第一任丈夫,鲍勃某某。我一边说,一边望着窗外的河,一艘巨大的红色驳船被一艘拖船拖着驶过。

"鲍勃·伯吉斯,"威廉说,"他是个好人。帕姆离开他,因为他不育。"

"你和他也一起共事过吗?"我问。

"不。他是公设辩护律师或什么。他的哥哥是吉姆·伯吉斯——记得沃利·帕克的案子吗?为帕克辩护的就是他哥哥。"

"是吗?"我问。沃利·帕克是一位灵乐歌手,被控杀害了他的女友，吉姆·伯吉斯帮他脱了罪。那是在许多年前，案子非常轰动，审判过程经电视转播，似乎引起了全国上下的关注。我记得，我一直认为沃利是无辜的，我视吉姆·伯吉斯为英雄。

因此我们讨论了那案子几分钟。威廉搬出他以前讲过的话，说我是个傻瓜，竟相信沃利是无辜的。我没和他争辩。

接着我冷不防地问威廉："你喜欢那生日会吗？"

他停顿了一下说："我想是吧。"

我说："你什么意思，你想是吧？埃丝特尔花了很多功夫办那生日会。"

"她雇了承办宴席的人，露西。"

"那又怎样？还不是要她统筹安排。"那艘驳船行得很快。我总是惊讶于这些船能行得那么快，想必它是空船。它吃水浅，我可以看见船底许多黑色的部分。

"是啊，是啊，我知道，我知道。没错，这生日会很棒。我现在有事，不能再说了。"

"威利，"我说，"我再问你一件事。你晚上状况如何，还会夜惊吗？"

从他的声音中我听得出，他打电话给我是为了这件事。"哎，露西，"他说，"我昨晚出现了一次——哦，是凌晨三点左右。和凯瑟琳有关，十分怪异，我无法具体描述。我的意思是，她好像在那儿徘徊不走。"他停顿了一下，接着说："我想我可能需要吃点药。这事情变得真棘手。"他补充道："凯瑟琳好像与我同在，我指她的鬼魂，这样着实——着实不妙，露西。"

"哦，威利，"我说，"啊呀，我真的很同情你。"

我们又聊了一会儿，接着我们挂断电话。

不过有一件事，直到威廉打电话来，跟我谈及生日会时我才想起：

生日会那晚，我走进他们的厨房，放下手里端着的酒，准备向埃丝特尔道别，她稍稍走在我的前面，厨房里有个男人，倚着料理台，是埃丝特尔的一位朋友，我先前和他打过照面。我听到埃丝特尔悄声对他说："你是不是无聊死了？"接着她转身，看见我，惊呼道："哦，露西，真开心，又见到你啦！"那男人说了同样的话。他始终表现出一副友善的样子，他也是演戏的。我和埃丝特尔闲谈了几句,我们互相亲吻脸颊,然后我告辞离去。但我不喜欢她与那男人讲话的口气;里面包含亲昵之色,暗示——也许——她自己也感到无聊,我不关心她无不无聊。我只觉得心里轻微"咯噔"一下,我猜那是我想表达的意思。不过在威廉打来电话前,我已经忘了这事。

此外(这也是我突然记起来的),我带去的郁金香仍裹着包装纸,放在厨房的料理台上。对此我并不是特别介怀。那生日会找了花店的人来布置,若以为街角便利店的几朵郁金香会派上用场,是痴心妄想了。

久久回响在耳畔的是埃丝特尔的话音。

*

我的丈夫在那年夏初发病,十一月过世。此刻我能说的只有这么多,不过这次婚姻和我与威廉的婚姻很不一样。

只不过我必须说的是：我的丈夫名叫大卫·艾布拉姆森，他是个——唉，我该怎么向你描述他这个人呢？他就是他！我们是——我们真的是——天生一对，这样讲似乎太陈词滥调，可——唉，此刻我讲不出更多。

然而事情是这样：在发现大卫的病情和后来他去世时，两度我第一个打电话通知的人都是威廉。我猜——可我不记得——我肯定说了类似"哦，威廉，帮帮我"之类的话。因为他的确帮了忙。他为我的丈夫另找了一位医生——我相信是一位医术更高的——但那时，任何医生都回天无力。

后来大卫去世时，威廉又帮了我。他帮我应付一些必要的手续——一个人死后，要处理的事如此之多，关停不同的信用卡，处理银行账户和繁多的电脑密码。威廉叫我让克丽茜去安排葬礼，威廉这建议非常明智，克丽茜负责了葬礼的一切。

最初几晚，来陪我过夜的是贝卡，那时，她替我流了我要流的泪。她像个孩子似的痛哭不止，而后扑倒在沙发上，过了几分钟，她说了些话——我忘了具体是什么——我们俩开始大笑。可爱的贝卡,她就是那样。她逗我发笑,后来她得回家了,她不能一直陪我。

大卫的葬礼在市区一家殡仪馆举行——无论当时还是现在,我对葬礼的印象一团模糊。我清楚记得贝卡对我低语:"爸爸希望他可以和我们一起坐在前面。"

"他那么对你说的?"我转头看着她问道,她严肃地点点头。可怜的威廉,我心想。

可怜的威廉。

*

圣诞前夕,埃丝特尔打电话来,问我想不想去和他们一起过圣诞节。我说,我十分感激她邀请我,但是不行,我将和两个女儿一起过节,话一出口,我就记起贝卡说的,葬礼上,威廉曾想和我们一同坐在前排,我的脑中委实闪过一念,说不定是威廉想要跟女儿和我共度圣诞节，也许他已经问过埃丝特尔，可否把我们算在内。但这些年来，他一直和埃丝特尔及她的母亲一起过圣诞节，当然还有布里奇特；埃丝特尔的母亲近乎和威廉同岁。我想象着他们的公寓布满节日的装饰，并有一棵高大的圣诞树，贝卡告诉过我这些，她语带挖苦地说，隆重喜庆得跟梅西百货公司一样。我说："不及萨克斯精品百货店那么华贵吗？"说完，我们哈哈大笑。晚上，他们会去一个在他们住处附近举办的年度圣诞会，威廉每次都很喜欢那晚会。

"我明白，"埃丝特尔说，"但请知道我们在想你，露西。好吗？"

"谢谢，"我说，"非常感谢。"

"我们知道，大卫走了，日子一定不好受，"她说，"唉，露西——我真为你感到难过。"

"我没事，"我说，"别担心，不过还是谢谢你，"我又说了一遍，"我由衷地感激。"

"好吧。"埃丝特尔犹豫了一下。"好吧，"她又说了一遍，"就这样，再见。"

*

就这样,新的一年开始了。在颇短的时间内,威廉接连遭遇了两件大事。但让我先再说几件别的事。

一月,威廉告诉我——在他从实验室打来的电话中,在我们讲完女儿的事后——圣诞节,他送给埃丝特尔一个昂贵的花瓶,是她之前有一天在店里看中的;她送给他的是一项在线订阅的服务,从中可以找到有关一个人祖辈的信息。透过他告诉我的语气,我听得出他对这份礼物感到失望。礼物对威廉而言一向意义重大,我始终不理解他的重视程度。"那是她独具匠心的地方呀,"我说,"这个点子太棒了。""你对你的母亲几乎一无所知,威廉,这个网站可能派得上用场。"我清楚记得我讲了那句话。他只说:"是啊。我想是吧。"这副样子的威廉说明他厌烦了我,显现出藏在他高雅、和悦的外表底下坏脾气的男孩的一面。可我不在乎,他不再和我有关系。挂了电话后,我心想:谢天谢地。我的意思是,幸好他不再和我有关系。

至于下面这件事，那晚在威廉的生日会上，如果我留下来，继续和那个叫帕姆·卡尔森的女人聊天的话，我多半会告诉她：在大卫过世的几年前，我们去宾夕法尼亚州参加他侄儿的婚礼。大卫在芝加哥一个哈西德派犹太教的家庭里长大，他十九岁时离开了那个团体，当时他们把他驱逐出教派，他和他的所有家人断了联系，直至近日，他的姐姐才联系上他，所以我和她不熟。对我而言，她像个陌生人，因为她确实如此。我们坐火车去，然后他的姐姐来接我们，我们驱车在夜幕中行驶了半个小时，抵达一家旅店，四周什么也没有。前一晚下了雪，我坐在后座，盯着窗外掠过的绵延的夜幕，难得能看到住家，时不时出现各种商店——有一家挂着一块牌子，上面写着"永久歇业"——或看着像仓库的建筑。我的心情如此沉重，因为这一幕幕景色令我想起威廉，想起我们年轻时，我在上大学，我们会开夜车，从芝加哥回东部，去探望他的母亲，我们驶过类似这里的地方，被白雪覆盖、看起来荒无人烟的地区。但和他在一起，我感到如此幸福，和他在一起，我有种温馨的感觉。如我先前所言，威廉没有兄弟姐妹——从某种意义上说，那时的我也没有。那晚，当我和我的现任丈夫及他的姐姐坐在车里赶路时，我强烈地怀念记忆中的安心踏实，因为威廉和我曾组成一个我们自己的小天地。我记得有一次开车回东部时，他说我可以把我的桃核丢到窗外，不知为何，我把果核朝他那侧的车窗外丢去，他在开车，那桃核打到他的脸，我记得我们哈哈大笑，笑个不停，仿佛那是历来发生过的最滑稽的事。后来，过了几年，我们也会把年幼的女儿塞进她们的安全座椅，开车去马萨诸塞州的牛顿市看望他的母亲，一路上仍能感到安心踏实。可那晚坐在汽车后座，我们经过大片被白雪覆盖的土地，我稍稍听见我的丈夫和他的姐姐在轻声谈起他们的童年，途经的广告牌上写着"被车撞了？请致电 HHR 律师事务所"，当时我暗自寻思：唯独和威廉在一起时我才有安全感。他是我这辈子有过的唯一的家。

如果我没走掉，我可能会把上述事情讲给帕姆·卡尔森听。

*

关于我以前的婆婆凯瑟琳,我想说的是:

我和威廉刚一订婚,她就兴奋地问我,那几乎是她问我的第一句话,她在电话里问:"你会喊我妈妈吗?"我说:"我会试试看。"但我根本做不到。我只能喊她凯瑟琳,凯瑟琳也是威廉对她的称呼。她婚前的名字叫凯瑟琳·科尔,威廉有时眼中闪着光、用略带反讽的口气那样叫她。"凯瑟琳·科尔,这些日子你在瞎忙什么呢?"

我们爱她。哦,我们爱她;我们的婚姻似乎以她为中心。她活力四射,她的脸上经常容光焕发。我的一个大学同学在初次见过她后说:"凯瑟琳是我这辈子遇过的最容易让人一见就喜欢的人。"

我觉得她的家非凡出众。那房子坐落在马萨诸塞州牛顿市一条树木成行的街道上,附近还有其他房子。我第一次进去时,阳光从厨房的窗户洒入,厨房十分宽敞,里面有张白色的桌子,整个厨房干净得发亮。料理台是白色的,洗碗槽上方的一个窗台上摆着一大盆非洲紫苣苔。厨房的水龙头形态修长,如一道优雅的弧线跨在洗碗槽上,那龙头银光闪闪。我以为我迈入了天堂。凯瑟琳的家处处干净整洁;客厅的木地板是发亮的蜜色,卧室挂着白色、看似上过浆的窗帘。我从不相信我可以过这样的生活。我想都没想过。可她竟然过着这样的生活!说真的,我难以置信。

不过,我需要说的是:

我在较早的一本书里写过这件事,但我需要进一步解释一下:在我刚认识威廉、听说他的母亲曾与缅因州的一位土豆农场主结过婚时,我以为——因为我不了解缅因州土豆农场的情况——她应该挺穷的。但其实不是这样。她的第一任丈夫,那位土豆农场主克莱德·特拉斯克把农场经营得有声有色;他还从政,担任了许多年缅因州的共和党州议员。凯瑟琳的第二任丈夫,威廉的父亲,他在战后来到美国,成为土木工程师。所以凯瑟琳不穷。我见到她时,惊讶于她家的雅致。我相信她最终享有了相当高的社会地位。不过我始终没完全搞明白美国的整个阶级体系，因为我来自最底层，那种遭遇会给人留下深远的影响。我的意思是，我从未真正走出来，走出我的出身，我猜我指的是那种贫苦的生活。

可是凯瑟琳，我刚认识她时，她会把我介绍给她的朋友，她会把手放在我的胳膊上，轻声说："这是露西。露西从小一无所有。"我在上一本书里写过的。

凯瑟琳的客厅里有一张长沙发，颜色近似橘红色，有时，如果她不知道我们来，她会手脚伸开，躺在那沙发上，威廉喜欢给她惊喜，所以我们有时去之前不会通知她。"啊！啊！"她会一边说，一边匆忙起身，"过来和我抱一下。"我们会朝她走去，然后她会带我们去厨房，给我们吃的，她总是滔滔不绝，总是问我们过得怎么样，告诉威廉他需要剪头发了。"你真是个帅小伙，"她会用手托着他的下巴说，"你们为什么不来得更勤些？把那胡子剃了。"她是快乐的化身。大部分时候是。偶尔，她显得比较闷闷不乐，她会近似开玩笑地说："哦，我有心事。"威廉说她老是那样，不必担忧，但即便在她闷闷不乐时，她也依旧热情，一个劲儿询问我们生活的点点滴滴，我们的朋友里,她知道名字的,她也会打听他们的近况。"乔安妮怎么样?"我记得她问,"她还没嫁人吗?"接着她朝我使个眼色说:"她那个人有一点阴沉。"

她会坐在桌旁,看我们吃东西。她会说:"有什么事,全讲给我听!"于是我们一一讲给她听。我们告诉她我们在纽约的生活,告诉她我们楼下的邻居,他的妻子比他年轻许多,但这位妻子似乎不喜欢他。我告诉她,有一天,那个老男人挡在楼梯上,要我亲他一下才肯让我过去。"露西!"她说,"那太可怕了!你千万别再亲他!"我告诉她我别无选择,她说:"不,你有选择。"我说只是轻啄一下脸颊,不过那令我感觉怪怪的。"当然让你感觉怪怪的!"她摇头,用手上下抚摸我的胳膊。"露西,露西,"她说,"啊,我亲爱的孩子。"

接着她转向威廉说:"你在哪里,小伙子?有人在调戏你可怜的妻子!"

威廉耸耸肩。他和他的母亲在一起时就是这样。嬉皮笑脸,不分尊卑。

凯瑟琳会给我买衣服。通常她买她喜欢的衣服,但有时她让我挑些我喜欢的;一件搭配牛仔裤穿的条纹衬衫,一条我心爱的低腰线、蓝白两色的连衣裙。有一次,她要给我买白色平底船鞋,"这鞋子穿着舒服极了。"她说。我叫她不要买,我绝不会穿。那是她才会穿的鞋子,我心里这么想,但我没说出口,最后她没有买。

威廉和我结婚几个月后,她动手扔掉了一件我心爱的外套。那件外套是我花五美元在一家廉价旧货店买的,我喜爱它宽大的袖口和我走路时它摆荡的样子,它是藏青色的,我好喜欢那件外套,我觉得它代表了我。有一天,在带我去买了一件新外套后,凯瑟琳把它扔了。我不记得我亲眼看着她把它扔掉,我只记得,当我问她这外套在哪里时,她笑着说她扔了。"现在你有那件漂亮的新外套了。"她说。

让我感到滑稽的是——她给我买的这件新外套,并非售自什么专卖高档货的商店。过了好些年,当我开始会甄别不同的店家时,我才知道实情。那是一家几乎都是没什么钱的人去光顾的店。不过在我年少时,我连这样的店也不去。我基本不去商店。但我的婆婆有钱,她有钱,部分因为她的丈夫威尔海姆·格哈特，成为土木工程师的威廉的父亲，给她留下一份丰厚的人寿保险。他死后，她得到那笔钱。过了几年，她获得房地产执照，她卖出许多栋位于好地段的房子。所以她肯定有钱。我在这儿想说的仅此而已。

她还送我她的旧睡袍，那些睡袍做工精致，白色、上面带刺绣。我有拿来穿。

如今，当我思量她这人时，我理解为什么威廉在出现那些有关凯瑟琳的夜惊之际，会把我当作慰藉。因为——除了我们的女儿，凯瑟琳过世时，她们一个八岁、一个九岁——我是唯一仅剩的认识他母亲的人。乔安妮不算。他们离婚后，她搬去了南部。她没再结婚。我猜她没有，我不确定。

*

早年有一天，凯瑟琳让我——威廉和我尚未结婚——给她讲讲我的家人，我一张口，眼泪就淌下我的脸庞，我说："我讲不出来。"她从她坐的一张椅子上站起身，她过来，坐到橘红色的沙发上，挨着我，伸出双臂搂住我说："哦，露西。"她一直重复那句话，同时搓揉我的胳膊和背，把我的脸贴在她的脖子上。"哦，露西。"

那天她对我说："我也有抑郁症。"我诧异。我认识的人里，从没有谁，没有一个成年人，曾讲过那样的话，而且她说那话时带着几分不以为意的语气。她再度拥抱我。我一直记得那件事。她是一个心地善良的人。

凯瑟琳身上总是香喷喷的，来自某种特定的香水，其香味成为她的体味。正因为如此，我也开始使用某种特定的香水——但不同于她的——有了我自己独特的香味。我似乎永远买不够这种香味的润肤露。

一天，那位善解人意的女精神科医生耸耸肩说："这是因为你觉得自己身上有臭味。"

她讲得对。

几乎每天在学校的操场上，其他小孩见到我的姐姐、哥哥和我时，他们一边捏着鼻子跑开，一边对我们说："你们全家人都有一股臭味。"

*

在威廉过七十一岁生日前夕,克丽茜告诉我她怀孕了。我心花怒放,自大卫去世后,我以为我不会再有心花怒放的感觉。威廉与我在电话里聊到这事——要当外公外婆了!他似乎很高兴,但不像我那般欣喜若狂。他这人就是这样,我的意思是,他生性如此。可结果,两周后,克丽茜流产了。她一大早从家打电话给我,她尖叫道:"妈!"她即将去医生的诊所。于是我立刻赶往布鲁克林——我坐地铁,因为那个时段,坐地铁去那儿最快——去了医生的诊所,然后我去她家,我们一起躺在沙发上,她痛哭流涕;噢,我以前不知道克丽茜会哭成这样,她——个子比我高——把头枕在我的胸口,直至最后她的哭声缓下来。她的丈夫在家,他也去了医生的诊所,但他让我们单独留在客厅,不来打扰我们。我没和她说,她会再怀孕的。我想对她而言那是废话。我只是搂着她,轻柔地拂开她脸上的头发。"妈,"她看着我说,"我本来打算,如果是女孩的话,给她起名露西。"

我不敢相信。我说:"真的吗?"她揉揉鼻子,点头说:"是,是真的。"

我继续抚弄她的头发。接着克丽茜说:"你知道吗,不知怎的,我感到羞愧难当。"

我说:"羞愧什么,克丽茜?"

她说:"流产的事。就好像是因为我的身体不正常工作。"

"哦,宝贝,"我说,"宝贝,数以百万的女人流产。这可能正好说明,你的身体在正常工作。"

"啊,"她过了一会儿说,"我没从那个角度想。"她像个小孩子似的依偎着我,我不停抚弄她的头发。

然后她终于坐起身说:"我知道,大卫的过世让你难过极了。"

我说:"谢谢你,宝贝。不过别担心,我没事。"

就在这时贝卡走进公寓,她也痛哭流涕,贝卡是个动不动就哭的人,克丽茜笑嘻嘻地说:"行了,别哭啦。"我留下来吃午饭,到那时,我认为克丽茜好些了,她的丈夫也和我们一起吃了午饭。饭后我说:"好吧,大家,我得走了,我爱你们每个人。"他们说:"再见,妈妈,我们爱你——"道别时他们一贯这么说。

走在人行道上,我思忖,我的母亲从未对我说过"我爱你",我思忖,克丽茜曾打算给那孩子起名露西。我的女儿,她爱我!即便知道这一点,我也感到意外。说真的,我大为诧异。

在返家的地铁上,我坐在一位看起来镇定自若的妇女旁边,她带着一个小孩,一个小男孩。我看着他俩;她爱这个孩子。我不知道她是否曾流产过,如果有,她是否感到羞愧。她给人感觉甚是独立,她的独立也延续到了那个男孩身上。他拿着一本小练习簿,上面写着"学前班启蒙教本",那位妇女——我想她应该是他的母亲——非常耐心地拼读出"橙""黑""红",他则同时在那本簿子里找到这些颜色。

那天下午,我打电话给威廉,他说,先前克丽茜打电话告诉他这事时,他的回应恐怕欠妥。"我跟她说别担心,她会再怀孕的,她说,爸爸,我的天哪,你能说的就仅此而已吗?每个人都那么讲,我可是刚失去我的孩子啊!"威廉对我说:"但那还不是个孩子,她为什么不能对我宽宏点儿?"于是我试图向威廉说明,对克丽茜而言,那已经是她的孩子了。我差点告诉他,如果是女孩,她打算给那宝宝取名露西,但出于某种原因,我没告诉他。我们挂断了电话。

我回想克丽茜的眼泪。还有贝卡的。

在我小时候,如果我的哥哥、姐姐或我哭,我们的父母会大发雷霆。我的父母,尤其是我的母亲,经常会对我们大动肝火,即使我们没有哭。但如果我们其中有谁哭的话,他们俩会一起对我们发脾气到近似发狂的地步。我以前写过这事,但我在这儿旧事重提,是因为几年前,我认识的一位女士谈到有个修女告诉她,她"有上帝恩赐的眼泪"。贝卡亦是如此。连克丽茜在需要的时候也会有上帝恩赐的眼泪。哭,对我来说,经常是件难事。我的意思是,我会哭,但我会在哭的时候感到非常惊恐。威廉懂得应付那种情况;当我真哭得很凶时,他不会被吓到。若换作大卫,我相信他会;不过和大卫在一起时,我没再哭得像第一段婚姻时那么凶,没像个孩子般哭得上气不接下气。但自大卫死后,有好几次,我会坐在床边的地板上——位于床和窗之间——号啕大哭,那泪如雨下、骇人的样子俨然一个孩子。我总担心——毕竟住在公寓楼里——有人会听见我的哭声。我不经常那样。

*

威廉七十一岁生日那天,我在下午发短信给他:生日快乐,你这老家伙。没过半晌,我的电话响了。他从上班的地方打来。我说:"你好吗,威廉?"他说:"我不知道。"我们简单聊了聊两个女儿——克丽茜的情况似有好转——接着他对我说,那天早上埃丝特尔坦承没给他买生日礼物,但如果有什么他想要的东西,他可以尽管告诉她,她只是因布里奇特和她最近出的一些事而忙得不可开交。于是我问:"布里奇特怎么了?"威廉说,她在学校的什么音乐会上有演出,她讨厌吹长笛,可埃丝特尔在努力劝她再坚持一年,我感到在他说这番话时,我——也许包括他——并不真正清楚布里奇特怎么了。可我说:"哦,我明白了。至于礼物。你们结婚有些年头了。有什么你想要的东西吗?"我心里想的是,哦,威廉,我们别啰唆了,你真是孩子气。我心里是这么想的。天啊,我在想,你实在太孩子气了。

稍后我们挂断了电话。

*

不过还有这样一件事：

有一次，迄今已过去许多年，在我的第一本书问世后，当时我仍和威廉在一起，我在首都华盛顿有个活动，我不记得那场活动的内容，只记得我是一个人去，单独做那场活动——我确信我对此充满惶恐，那时的我对这类事总会感到害怕。我想说的是下面的经历：在准备回家那日，天气不好，预报有连续不断的雷阵雨，还刮风，所以机场里挤满了滞留的人，我最终坐在地上，旁边是一对来自康涅狄格州的年轻夫妇。女的美艳而冷傲，男的客气却沉默寡言。重点是：随着夜越来越深，我的恐慌加剧，一有机会，我就用公用电话打电话给威廉——公用电话前排起队伍——他试图帮我找一处过夜的地方。他打电话给他认识的各种在华盛顿的人，但大家都束手无策，我们只能坐等天气转好，我惶恐万分。结果那个来自康涅狄格州的漂亮女人有一部（在当时）非常新潮的手机，她掏出那手机，我看着她打电话给火车站，她和她的丈夫决定试试坐火车去纽约，我问可不可以和他们同行,他们说可以。我想要和他们同行,主要原因是我怕极了一个人孤零零的整晚上在那巨大、挤满人的机场,于是我们出去,叫了一辆出租车,前往火车站,仅剩几个座位,我上了火车。我所记得的是日出之际,我望着新泽西州,对自己有家感到如此庆幸,如此深深、深深地庆幸自己即将回到纽约的家,回到有我的丈夫和我的女儿的家。我将永生难忘那次经历。我是那么地爱他们每一个人——噢,我爱他们爱得不顾一切。

所以其实我也有孩子气的一面。

*

后来威廉碰到了两件事。

我得知第一件事是在五月末的一个周六。一年前的那天,大卫发现自己生病,所以当威廉打电话给我时,我(实在自作多情)以为他打来是由于那事,我既惊讶又感动于他记得这确切的日子。我说:"噢,威利,谢谢你打电话来。"他说:"什么?"接着我说,今天是大卫发现生病一周年,他说:"噢,天哪,露西,对不起。"我说:"算了,没事,告诉我,你为什么打电话来?"

他说:"噢,露西,我改天再打电话给你。不是急事。"

我说:"换什么日子?就现在跟我讲吧。"

于是威廉告诉我,那天早上,他终于登录埃丝特尔给他订阅的那个族谱网站,然后——听起来他仿佛是在与人谈论一场他刚看过的精彩的网球比赛——他告诉我查到了什么。

以下是他查到的:

在他出世前,他的母亲有过一个女儿。与她的丈夫克莱德·特拉斯克——缅因州的那位土豆农场主所生。

这孩子比威廉大两岁,记录上她婚前的名字叫洛伊丝·特拉斯克。洛伊丝出生于缅因州的霍尔顿,那儿离凯瑟琳和她的第一任丈夫、土豆农场主克莱德·特拉斯克所住的地方不远。出生证上写着:凯瑟琳·科尔·特拉斯克是她的母亲,克莱德·特拉斯克是她的父亲。克莱德·特拉斯克在洛伊丝两岁时与另一人结婚，同样有结婚证书为凭。威廉没有找到洛伊丝的死亡证明，只找到一张1969年的结婚证，当时她的名字是洛伊丝·布巴。"我查了这个名字的念法，念作布——巴。"威廉用略带讽刺的语气说。他还查到她子女和孙子孙女的名字。她的丈夫于五年前过世，有死亡证明。

威廉问我对此有何看法，而后又几近随口说了一句："当然，这荒唐可笑，这不可能是真的。我敢说这些网站充斥着各种错误信息。"

我起身，挪到另一张椅子上。我请他再跟我讲一遍他怎么一步步查到这些信息的，我对这类网站一无所知。于是他耐心地复述了一遍，我一边听——我确实竖起耳朵在听——一边感到心往下沉。"露西？"他说。

过了片刻，我说："我相信这必然是真的，威廉。"

"这不是真的，"他坚决地说，"天哪，露西。凯瑟琳绝不会遗弃孩子的，就算她真有——她应该没有——她也会跟谁讲起过这事。"

"你为什么如此有把握？"

"因为这些地方专干那种事——他们把你骗进来,然后——"

"什么地方?"我问。

他说:"这些卑鄙无耻的网站。"

我翻了个白眼,当然他没看见。"哎呀,威利,请打住吧。他们不会假造出生证的。她就是还有一个孩子!"

"我会再调查一下。"威廉平静地说。

他挂断了电话。

我大声说出:"你这傻瓜。凯瑟琳就是还有一个孩子!"我愕然。不过仔细回想,我觉得这件事虽然有点离奇,但在情理之中。

*

结婚前的那年,我们大部分时间待在威廉的公寓。我不住在那儿,但我们过着几分像同居的生活。我们如此快乐。我如此快乐,我十分确信他也是。我会试着下厨,做饭给我们两人吃,但我对食物的了解几乎为零。我记得,他对我在食物方面的无知感到困惑,但他非常宽厚地包容这一点。他有一台电视机,我从小到大家里都没有电视机。每晚,我们会看约翰尼·卡森的脱口秀。在此之前,我都不知道有这么一档节目,每晚,我们一起坐在他的沙发上看这档节目。

我记得那年他念书给我听。念的是一本童书,不过是写给大一点的孩子看的,他年少时很喜欢这本书——书里讲一个给自己编造人生的男孩。每晚我们躺在床上时,他会念几页给我听,而我满脑子想的只是要与他做爱。如果他在关了灯后不伸手碰我——大多数夜晚他会碰我——我会产生一种恐惧感,觉得失落。我是那么地需要他。

我们在一家乡村俱乐部举行了婚礼,他的母亲是这家俱乐部的会员,婚礼的规模很小,请了一些大学的朋友和她母亲的朋友,大约在婚礼开始前一个小时,当我正在楼上、俱乐部的一个房间里穿衣打扮时——我的父母和哥哥姐姐没来参加婚礼。事实上,在我通知他们我的婚礼在即的消息后,他们既没寄任何东西给我,也没写信给我——我开始觉得有什么地方怪怪的，很难描述，但又感觉好像事情不完全是真的。我下楼，站在威廉和治安法官的旁边，我们宣读誓词，那一刻，我几乎讲不出话。威廉含情脉脉、体贴地看着我，仿佛想帮我解惑。但那感觉并未消失。

仪式结束后，我们转身，我看见他的母亲兴高采烈地鼓掌，也许——我不确定——当下那一刻，我格外思念我的母亲，也许我始终都在思念她，我不知道。但我刚才描述的那种感觉没有消失，在之后简单的婚宴上，我并不觉得自己真正身处其中。我的意思是，身边的一切都离我有点遥远，我好似一个局外人。那晚在酒店，我没像平常那样自愿委身于我的丈夫，先前产生的那种感觉依旧萦绕在我心头。

实际的情形是：那种感觉从未消失。

从未彻底消失。在和他结婚的那些年里，我自始至终都有那感觉——时强时弱——令人苦恼极了。我无法向他，甚至无法向自己描述具体是什么感觉，但就是时常伴随我的一种私密、无声的恐惧。晚上，我无法完全像以前的自己那样与他同床，我努力不让他知道这事，但他当然知道。如今，想起在婚前那些他没有伸手碰我的夜晚，我曾感到如此绝望，我能理解在我们婚姻期间他定会有的感受。他必定觉得丢脸和不解，但似乎无计可施。我们确实也没采取任何对策。因为我讲不出来，威廉遂变得郁郁寡欢，他一点一点地关上心门，我能预料到那结果。我们过着我们的日子，把问题掩盖起来。

我们刚有克丽茜的时候，我感到非常害怕，我完全不懂怎么照顾婴儿，凯瑟琳来和我们住了两个星期。"去，去，"她在到的第一周对我们说，"你们俩现在出门，一起去吃个饭。"在我的记忆中，当她负责照料宝宝——还有我们——的生活时，她稍稍显得气势凌人。于是我们出门吃饭，可我依旧担惊受怕，后来那天晚上，自宝宝出生以来明显变得少言寡语的威廉对我说："你知道吗，露西，我想，如果她是个男孩，我会感到更开心。"

听到那话，仿佛有东西在我的内心深处一沉，对此我什么也没说。

但我始终记得那件事。当时我思忖，好吧，起码他讲了实话。

总之，我们在彼此身上发现这类意想不到的事，并对对方感到失望，我想说的是这个。

*

我满脑子想着凯瑟琳的事。我搞不清我凭什么知道她有过那个孩子，但我确信她有过。我记得她抱着襁褓中的克丽茜的样子，如我所言，在凯瑟琳第一次来小住期间，她担起照顾婴孩之责。但当我回想这段时光时，我隐约记起还有别的几次——都是之后的事了——凯瑟琳一边抱着年幼的克丽茜，一边时不时流露出某种恐惧的神色。现在这么一想，很容易让人在脑中唤回昔日的画面，可我记得确实如此。对贝卡，她充满疼爱，但有时也莫名其妙地疏远。想象一下，她抱着我们的两个小宝贝女儿时心里在想什么！

我记得她鲜少谈起她的过去，顶多只字片语。她有个哥哥，每次提到时，她不以为意地摇摇头说："哎，他命运坎坷。"几年前这位哥哥在铁道口的一场车祸中丧生。可在讲起她当土豆农场主的丈夫时，凯瑟琳总是贬低他，说他"脾气不好"，说他们从未相爱过。她嫁给他时十八岁，直到去马萨诸塞州，和那个德国战俘、威廉的父亲一起生活后,她才上了大学。

威廉的父亲本名威尔海姆(不过在来美国定居后,他改名威廉),她怎么认识威尔海姆的,我们对那段往事知之甚详。威尔海姆是在农场干活的十二名战俘中的一员,他们住在霍尔顿当地机场附近的营房,每天由卡车把他们载出来。从这些人第一次来农场起,大约过了一个月,有一天,凯瑟琳给他们送去她做的炸面圈,他们在存放土豆的棚仓外吃午饭,她送炸面圈给他们加餐。她告诉我们,这些人分到的食物不够他们填饱肚子,她说,威尔海姆瞅她的眼神着实令她颤抖。

但让凯瑟琳死心塌地——噢,真的死心塌地——爱上威尔海姆的是下面这件事。在土豆农场主克莱德·特拉斯克的客厅里有一架钢琴,他的母亲显然弹过这架钢琴,她在凯瑟琳嫁给克莱德·特拉斯克前夕过世了。那钢琴摆在客厅,是一台旧的立式钢琴。凯瑟琳说,有一天,她的丈夫不在家——他在州议会任职,尽管议会处于休会期间,但他们有个委员会会议,所以他去了奥古斯塔——威尔海姆走进

61

屋子。凯瑟琳吓了一跳,但他朝她微笑,他头上戴了一顶帽子,他摘下帽子,然后走进客厅,他在钢琴前坐下,他弹奏了起来。

就在这一刻,凯瑟琳疯狂地、不可自拔地爱上了他。她说,她从未听过哪支曲子像威尔海姆那日弹奏的一样优美动人。时值夏天,一扇窗半开着,微风吹撩起窗帘,窗帘随风摇摆,他坐在那儿,弹奏那架钢琴。他弹的是勃拉姆斯,她后来找到了答案。他一直弹啊弹,只抬头瞅了她一两眼。然后他站起,向她微微鞠了一躬——他个子很高,头发暗金色——从她身旁走过,出门返回田间。她透过窗户看他,他的衬衫袖子卷了起来,露出强壮的胳膊,衬衫后面印着硕大的黑色字母POW(战俘),他穿着战俘穿的旧裤子,脚上蹬着靴子,她望着他朝田间走去的背影,一个高大、走路昂首挺胸的男人,他一度转身,在弹指间面露微笑,不过她确定他看不到她站在窗前、靠近窗帘,隔着距离注视着他。

凯瑟琳每次向我们讲起这段往事时,她的眼神都会变得非常恍惚。能看得出她在回想当时的画面,那个踏进她家、摘下帽子、在钢琴前坐下演奏的男人。

"就是这样。"她说着,把目光重新投向我们。"就是这样。"

他们怎么偷偷交往的,我不知道,她没说。但显然威尔海姆略懂英语。凯瑟琳向我们指出,在大部分战俘中,会英语的人很少。不过她向我们讲了她离开土豆农场主丈夫那日的事。当时距她最后一次见威尔海姆已有一年,战争结束后,他被送了回去。他先被送到英国,从事战后的修缮工作——他必须帮忙清理那儿的战争疮痍——历时六个月,然后他返回德国。他们互通书信。我不知道她的土豆农场主丈夫有没有发现那些信,可她亲口对我讲过一次,她会每天走去邮局,看有没有威尔海姆寄来的信,缅因州那间小邮局的局长逐渐对她起疑——她是那么说的。她还说,她写的最后一封信是——在威尔海姆写信告诉她,他已在马萨诸塞州后——通知他,她将坐火车于早晨五点抵达波士顿北站,想必她定好了日子。时间是十一月,地上积了近一英尺[1]的雪,当她去寄那封信时,她担心邮局局长会把信扣下。但他不能那

---

[1] 1英尺 = 30.48厘米。(若无特殊说明,本书注释均为编者注。)

么做,她想,他确实没有。她告诉我们,她等到她丈夫的姐姐来做客时才离家出走。她希望那位土豆农场主丈夫在发现她不见时,不是孤零零一个人。我总觉得那样做很动人。

除此以外,我对凯瑟琳几乎一无所知。当我问她,她的童年生活是什么样时,她会摇摇头。"哎,不怎么样,"她有一回说,"但过得去。"日后她再没回缅因州。

*

我等了一个星期,然后打电话给在上班的威廉,他听上去心烦意乱。我说:"你还查到什么?"他说:"哦,露西,那都是一派胡言。没什么可查的。"我问他埃丝特尔怎么说,他犹豫了一下,然后问:"说什么?"

"关于你母亲还有一个孩子的事,"我说。他说:"露西,我们并不清楚她还有一个孩子。"我继续追问他,埃丝特尔怎么说,过了一会儿他回答:"她认为没那回事。"

挂断电话后，我意识到威廉在撒谎。具体在哪件事上，我说不准。但他的话音中包含几分糊弄之意，我认为我听得出。我决定不再打电话给他询问有关这件事的一切。

啊，我思念大卫！我苦苦地思念他。难以置信地，我思念他。我想起，他知道我喜爱郁金香，他总是——总是——在这间公寓里放上郁金香，即便过了郁金香季，他也会去附近的花店买郁金香回家。

*

在我小时候，如果我、我的姐姐或我的哥哥撒谎，或即使我们没有撒谎，但我们的父母认为我们说了谎话，我们就要用肥皂清洗嘴巴。在那个家里，这还远不是对我们最厉害的惩罚，正因如此，我将简单讲讲下面的事。我们得仰面躺在小客厅的地板上，说谎的那人，不管是谁，举个例子，比如是我的姐姐薇姬，另外两个孩子，我的哥哥和我，便要照吩咐按住她的胳膊，家里剩的另外一个人按住她的腿。接着我的母亲会去厨房拿抹布,然后她会走进浴室,用肥皂把抹布洗干净,薇姬将必须伸出舌头,我的母亲会用力把那抹布塞进她的嘴,一直塞,塞到薇姬作呕为止。

随着年纪的增长,我发现父母下意识地让其他孩子一起参与这项行动是个妙招。这离间了我们,发生在那个家里的所有事,无一不离间着我们的关系。

当轮到我躺在地板上时,我毫不挣扎,不像我可怜的哥哥,他每次遇到这种情况都惊恐万分,也不像我可怜的姐姐,她遇到这种情况总是满腔怒火。我躺在那儿,闭上眼睛。

*

请试着理解下面这番话:

我总认为,如果有一块大的软木板,板上的大头针每一枚都代表一个活过的人,那么在这块板上,没有一枚大头针代表我。

我的意思是,我觉得自己是无形的人。但我指的是最深刻意义上的无形。很难解释。我无法解释,只能说——噢，我不知道该说什么！真的，就好像我是不存在的，我猜这是我能做出的最近似的描述。我的意思是，我不存在于这个世间。事情的原委可能很简单，我从小到大，家里没有镜子，只有一面很小的，高挂在浴室洗手池的上方。我实在不知道我要讲什么，我只想说，在某个非常基本的层面上，我觉得自己是世间无形的人。

我被困在首都华盛顿机场的那晚，让我跟他们搭火车回纽约的那对夫妻，时隔没多久在报上看到我的照片，他们来听了我在康涅狄格州举行的一场作品朗诵会。那女的满脸堆笑，她对我的态度真是非常友好，比我在机场和他们一起时友好太多，原因是——我想——她觉得我是个人物。在机场的那晚，我不过是个吓得失魂落魄、紧跟在她后面的家伙。我始终记得那事，在我朗诵会的当晚，她对我的态度大相径庭。我的书深受好评，办朗诵会的图书馆挤满了人。想必那情景令她肃然起敬。

她不可能知道的是，即使当我站在那么多人面前朗读和回答问题时，我依然觉得自己是无形的，这说来奇怪，但千真万确。

*

每年的七月和八月,埃丝特尔和威廉总会在位于长岛东端尽头的蒙托克租一套房子。

凯瑟琳去世后的好些年里,威廉和我及两个女儿会在八月去蒙托克待一周,我们会住在小旅馆。我们会沿着一条特别窄的小径,穿过高高的草丛,前往马路对面的海滩。我们会铺下宽大的沙滩浴巾,往沙子里插上一把阳伞。我喜欢沙滩,我爱大海,我会盯着它,心想,它多么像密歇根湖,但根本不一样。它是海呀!不过说真的,对于我们在那儿度过的时光,我的感受五味杂陈。

威廉非常喜欢蒙托克,但在我的记忆中,到了那儿后,他经常疏远我,也疏远孩子。两个女儿还小时,有一次,我们不得不在餐厅等了很久,等威廉吃完一大盆蒸煮的蛤蜊。我记得我看着他,他剥下蛤蜊虹管上黑黑的肉,然后把那肉浸在桌上一碗灰白的汤水里。他不讲话,两个女儿开始坐不住,爬到我的腿上,然后又在餐厅里乱跑,走近别人的桌子。"带女儿到外面去。"他对我说，我照做。可他还是花了大半晌才吃完那些蛤蜊。我还记得有一次，我们从蒙托克开车回城，一路上他没跟我说一句话。

我们的婚姻结束后，我没再去过蒙托克。

*

相反。

威廉和埃丝特尔在那儿租了一套房子。布里奇特去马萨诸塞州西部参加夏令营，她显然很喜欢那个夏令营，威廉只需要每周进城几天，去实验室上班。埃丝特尔一直待在蒙托克，周末，他们在那儿大宴宾客。我知道这些事，是因为克丽茜和贝卡会去那儿住上几天，有时分开去，有时一起。据贝卡描述，那栋房子有很多大玻璃窗，克丽茜说，他们招待的宾客"烦人极了。戏剧界的，我猜"。她原话如此。不过克丽茜是美国公民自由联盟的律师，她的丈夫从事金融业。两个女儿都跟我说，埃丝特尔会下厨做很多吃的，听到那话我感到厌倦。我从不喜欢下厨。

下面是威廉遇到的第二件事：

七月初的一天，那天是星期四，威廉打电话来说："露西，你能过来一趟吗？"

"去哪里？"我问。

"我的公寓。"

"我以为你在蒙托克，"我说，"你没事吧？"

"赶紧过来吧。可以吗？求求你。"

于是我离开公寓——那是个大热天，那种天气在纽约市里奔走不是轻松的事，闷热难当——上了一辆出租车，前往威廉位于河滨路的公寓。看门人对我说："快上去吧，他在等你。"

在电梯里，我感到忧心如焚。自接到威廉的电话后我就开始担心，但那位看门人加剧了我的忧虑。我出了电梯，沿走廊朝他们公寓的门走去，我敲门，威廉喊道："门开着。"我走了进去。

威廉坐在沙发前的地板上。他的衬衣皱巴巴的，连他的牛仔裤看上去也肮脏邋遢。他只穿了袜子，没穿鞋。"露西，"他说，"露西，我不敢相信这事。"

起初我以为那地方遭人入室行窃，因为感觉屋里少了很多东西。

但原来是这么回事：

威廉去旧金山参加一个会议，在会上宣读了一篇论文。当时他觉得这篇论文不足为道，他认为听的人也心知肚明，大家对他这篇论文的反响甚微。在事后的招待会上，和他有数年交情的人对他彬彬有礼，但只有一个人提到他的论文，尽管如此，威廉觉得那也仅是出于客套。在回程的航班上，他思忖：他的事业基本完了。

当他踏进公寓楼的入口时——大约是周六下午的两三点钟——看门人一见到威廉，表情就变得极度严肃。那位看门人点头致意说："你好，格哈特先生。"威廉确实注意到他那么说。但威廉只回了一句："下午好。"虽然他在这栋楼住了近十五年，但他叫不出所有看门人的名字；今天这个看门人，威廉记不起他的名字。后来，当威廉打开公寓的门锁，推门而入时，他立刻发现里面不一样了，房间似乎宽敞了许多，起初他以为（正如我进来时所以为的一样）家里遭人盗窃了。地板上——差点被他踩到——有一张埃丝特尔留下的手写字条,写在普通大小的纸上。威廉坐在地板上,把那字条递给我,他说:"你拿去吧。"我在沙发上坐下,阅读那张字条。字条上写道(我照他说的,收着那张字条,没还给他):

> 亲爱的,真对不起,请原谅我这么做!我实在很抱歉,亲爱的。
>
> 我搬出去了——此刻我在蒙托克,但我在格林尼治村有一套公寓。你想见布里奇特,随时可以。放心,我不需要赡养费,我能自食其力。我实在很抱歉,威廉。我不是在怪你让事情变成这样(可很多时候你是有点让人觉得遥不可及)。但你是个好人。你只是偶尔心不在焉。我指的是许多时候。我真的很抱歉,没有向你袒露这些话,我想我是个胆小鬼。
>
> 爱你的,埃丝特尔

我坐在沙发上没动,沉默了良久,只顾环视那间公寓。我说不出少了什么,但那地方空落落的,从窗户照进来的阳光给屋内更添了几分惨白感。最后我意识到,那张栗红色的大椅子不见了。继而我看到壁炉上有个大花瓶,威廉顺着我的目光说:"是的,我送给她的圣诞礼物,她没带走。"

"天哪。"我说。我们又沉默了良久。忽然我意识到屋内装饰用的厚地毯都不见了,只余一小块还留在房间远处的角落里——在一定程度上正因为这样,那地方看起来才如此索然冷清。"等等,"我说,"她把地毯拿走了?"

威廉只是点点头。

"天哪,"我又轻声重复了一遍,"我的天哪。"

接着威廉说——他坐着,两条长腿伸在面前,他的袜子看起来脏脏的,他的脚尖向前绷着——"露西,令我害怕的是我始终觉得这不是真的。事情发生已经五天,我怎么也挥不去心头的那种不真实感。可事实如此。这情况令我害怕。我指的是这种不真实感令我害怕。"然后他又说:"去卧室看看吧。埃丝特尔的衣服都不在了,还有布里奇特的大部分衣服,布里奇特房间的家具也全搬走了。厨房还剩一半的东西。"他转过头仰面看着我,他的眼神里几乎看不到一丝生机。

他告诉我,这五天以来,他感到阵阵虚脱。他一觉无梦,经常连续睡十二个小时,只为了上厕所才起来,接着整个人又会陷入迷迷糊糊的疲惫中。他说:"我绝没预料到会发生这种事。"

我摸摸他的肩。"哎,威利。"我轻声说。我再度环顾四周。那个花瓶是玻璃的,并且嵌了不同形状的彩绘玻璃。"哎,我的天哪。"我说。

过了挺长时间,威廉转身,交叉双臂、搁于我的腿上,我仍坐在沙发上,继而他把头枕在胳膊上。我心想:我可以像这样死而无憾。我摸摸他布满银发的头。

"我真的常常让人觉得遥不可及吗?"他抬起头,那眼睛似乎变小了,还布满血丝。"你觉得真是那样吗,露西?"

"我可不清楚你是否比我们中的其他人更遥不可及一些。"我说。因为我不知道还能说什么更体恤的话。

威廉站起来,挨着我坐到沙发上。"如果你不知道,那么谁知道?"他说这话的语气在我看来含有打趣之意。

"没有人。"我说。

他接话道:"哦,露西。"他朝我伸手,我们手握手坐在沙发上。他时不时摇头低语:"见鬼。"

最后我提议:"你有的是钱,威利。别待在这儿了。去住个好一点儿的酒店,先把这事搞清楚再说。"

结果匪夷所思的是,他说:"不,我不要去住酒店。这儿是我的家。"

我说匪夷所思,是因为他称这地方为他的家。固然,这儿是他的家。这个男人在这里住了数年。他在那些木桌旁和他的家人吃了无数餐饭,他在这儿沐浴,读新闻,在这儿看电视。可我依然从未觉得自己有家,一直没有,除了许多年前和威廉共有的那个家以外。我在上文中告诉过你们那事。

我在那儿待了一下午。我起身——因为他再度要求我这么做——去看了他的卧室,还有布里奇特的卧室,他的话句句属实。套着蓝色被罩的被子乱糟糟地置于他们的床上,她没拿走那床被子。布里奇特房间的地板上有小团小团的灰尘,我猜原本是在她床底下的,她的床已经搬走了。"以后布里奇特来时,她要睡在哪里呢?"回到客厅后,我问威廉,他一脸讶异地说:"我还没想过那个问题。估计我得再去给她买一张床。"

"还要一个五斗橱,"我说,接着我又说:"去冲个澡吧,然后我们出去吃点东西。"

他照我说的做,当他换上一件干净的衬衣,一边用毛巾擦拭他花白的头发、一边重新走进客厅时,他看起来气色比先前好些了。

*

那晚吃饭时我们聊起很多事。我们去的餐厅是一家气氛轻松舒适的老店,在那个时节很容易有空位,我们坐在靠里的位置,我们谈天。但我心里很不好受,我深深同情这个曾经是我丈夫的男人。我们谈了很久埃丝特尔和布里奇特,然后又稍微聊了聊我们的女儿;他要求由他来告诉克丽茜和贝卡有关埃丝特尔离去的事,我说没问题。

而后威廉一边拿着一片面包,一边说:"在我之前,凯瑟琳有过一个孩子。"我说:"我知道。"

威廉告诉我,在这次去开会前,他做了一番调查,意识到他的母亲应该是在他的父亲去英国后——再从英国去德国——过了几个月而怀孕的。"所以那孩子,"威廉根据掌握的所有日期做了计算,"当时大概一岁左右。她也许正在蹒跚学步,露西,可我的母亲就在那时信步走出了家门,没再回去。"说完他望着我,脸上痛苦的表情难能可贵。我看得心都碎了,在某些方面,我隐隐理解他一定觉得他的母亲和他的两任妻子一样,背叛了他。

他补充说:"至于那位父亲克莱德·特拉斯克,他在一年后娶了一个名叫玛丽莲·史密斯的女人。"威廉语带鄙夷地讲出"史密斯"这个词。"他和她结婚五十年。他们一同生了几个儿子。"

我伸手,紧握住他的手。我说:"威利,我们会把这整件事搞清楚的。不管怎样,我们总会有应对之策,别担心。"

他说:"嗯,你有应对之策,那是肯定的。"

我说:"你开什么玩笑?我可不是事事都有应对之策!"

可他说:"露西。什么事都难不倒你。"

*

那晚我坐出租车返回公寓,路上我想到,我曾以类似的方式离开威廉,只是我及早提醒了他。而且,除了我的几件衣服以外,我没带走别的东西。但我告诉过他,我要搬出去。我告诉过他,我觉得自己像一只鸟,收起翅膀、困在盒子里,与他一起生活。他无法理解那种感受,我不怪他。我找了一间小公寓,与当时我们在布鲁克林所住的褐石排屋相隔仅几个街区。但我拖了近一年才搬出去,我选了一个他上班的日子。那天是周一,我拿起电话,打给一家床垫店,不到两个小时,一张床垫送至我巴掌大的公寓,我心想:天哪,露西。或许我什么都没想。我只是吓呆了。于是我用垃圾袋装了一堆东西,我提着垃圾袋步行过去,我在杂货店买了一口锅,还有一把叉子和一个盘子。我打电话给威廉,我告诉他,我搬出去了。

我始终记得他那天的声音。他说:"你搬走了?"他的声音如此微弱。"你已经搬出去了?"

他算厚道。我在出租车里这么想,今天他没有向我翻出上述旧账。

我也回想埃丝特尔,我思忖——我自认为是这样——若不是另有新欢,她不会这么做。我没向威廉提及那一点。我好奇这个男人是谁,是不是那晚在厨房的那位戏剧圈的同事,她对他说:"你是不是无聊死了?"想到她,我的心中升起怒火。该死的,我心想。我真受不了她。她伤害了威廉,我无法容忍她那么做。

关于凯瑟琳,当下我没多细想。我更挂虑的是此刻威廉正置身其间的那套空荡荡的公寓。然而在为他感到难过之际,我对凯瑟琳亦产生某种反感。

*

我发现威廉有外遇的那晚——他有过不止一次外遇——我们的女儿已就寝,当时她们正值豆蔻年华,约莫到了午夜,他终于向我坦白,先是吞吞吐吐，后来才一五一十道出实情。两天前，我发现一张信用卡的收据，是我在他的一件准备送去洗衣店的衬衫口袋里翻出来的。显然是两个人共进的一餐饭——照收据上的价格，我觉得是——地点是格林尼治村的一家餐厅，他事先告诉过我，那天他会工作到很晚。当我把那张收据摆在他面前，问他是怎么回事时，我心惊胆战。看到收据的那一刻，（我认为）他似乎愕然，但他说，他的一位女同事遇到点麻烦，所以他请她吃饭。他为什么没告诉我？如今我记不起他是怎么回答的，但反正打消了我的疑虑，让我安心——在一定程度上。（那个时候我已经连续几年做梦，梦见威廉对我不忠，每次我向他讲起时，他总会平心静气地对我说："我不明白你怎么会做那样的梦。"）但那天晚上，我们请朋友来家里，一个有夫之妇跟我一起上屋顶去抽烟，她告诉我，她与一名在洛杉矶的男子有染。"跟他做爱太刺激了，"她说着，吸了一口烟，"那感觉美妙无比。"

在她对我讲那席话时，我幡然醒悟。醒悟到威廉的事。我不知道原因，但就在那一刻，我明白了，我们下楼后，我看着威廉，我相信从我的目光中他察觉出我已知情。等客人离去、女儿们上床睡觉后,我把那女人的话转述给他听,过了一会儿,他供认了。先交代了一个,然后交代了其他几个。有一个女的是威廉的同事,他似乎格外中意她,但他说他没对这些女人中的谁动过真情。不过又隔了三个月,他才告诉我乔安妮的事。当他告诉我乔安妮的事时,我觉得生不如死。我原先以为听到其他女人的事,我便会活不下去。但这个女人,乔安妮,来过我们家无数次,有一年夏天我生病时,她还带两个女儿来医院探望我,她既是我的朋友,也是我丈夫的朋友。

我内心的一株郁金香折断了花梗。我的感受就好似那样。

这花梗一直断着,没有重新长回去。

自那以后,我开始更诚实地写作。

*

"妈妈。"贝卡在电话里对我说——那天到威廉的公寓看过他后，我正走在街上，准备去药店——"妈妈，搞什么鬼？"于是我知道，他告诉了她埃丝特尔的事。

"我知道。"我说。我朝人行道上的一张长椅走去，然后坐下。

"搞什么鬼？"贝卡重复了一遍，"妈妈，可怜的老爸呀！妈妈！"

"我知道，宝贝。"我说。我透过墨镜望着从我旁边经过的人，但我并未真正看清他们的模样。接着我的手机响起嗞嗞的呼叫声，是克丽茜打来的。"克丽茜打电话来，"我对贝卡说，"等一下，别挂。"接着我按了绿色的圆圈，克丽茜对我说："妈妈，我不敢相信这事！我实在不敢相信！"

"我知道。"我说。

就这样，两个女儿轮流与我通话，为她们的父亲大鸣不平，我态度冷静，同时回应她们两人，当她们俩问我"他不会有事吧？"时，我说，他铁定不会有事的。我加重了语气，因为连我也不知道答案，只不过，除了让自己没事以外，他还有什么选择？我们中的大多数人还有什么选择?我说:"他年纪尚不算老,他的身体非常健康,所以他会安然无恙的。"

克丽茜在一周之内为布里奇特订购了一张床和一个五斗橱,她还买了新的地毯。"这些地毯漂亮多了,"她说,"铺上它们,屋内的气氛委实变得明快。"她真是个了不起的人,克丽茜。她总是独当一面。

又过了三周,克丽茜打电话说:"妈妈,我们打算在爸爸家和他一起吃个饭。我们希望你也来。"

*

我想我必须提及下面的情况,虽然我说过我不愿谈论大卫,但我认为你们应当知晓:

我说除了和威廉在一起时以外,我没有家,这是实话。大卫——我先前对你们讲过他的情况——生长在芝加哥郊外一个贫寒的哈西德派犹太教家庭。他在十九岁时离开那个团体,他被驱逐出教派,与家人断了联系,直至近四十年后,他的姐姐才找上他。你们需要了解的是，他和我有这样一个共同点：我们俩从小到大都没接触过外界的文化。我们俩都生长在一个没有电视的家里。我们对越战只有模糊的认识，这认识也是后来我们自学得来的；我们从不会唱——因为我们从未听过——我们成长年代的那些流行歌曲，我们直到上了年纪才看电影，我们不知道那些日常通用的俗语。很难描述在那样一种与外界隔绝的环境下长大是什么滋味。因此我们变成彼此的家。但我们——我们俩都这么觉得——感觉自己像是鸟儿，暂栖于纽约市的电话线上。

请容我再多言一两句有关这个男人的事！

他个子不高，童年时的一场事故使他一侧的髋骨高于另一侧的，所以他走路很慢，并伴有严重的一瘸一拐。他——由于个子矮——略显肥胖。我想说的是，他长得与威廉不同，近乎是天壤之别。我完全没有和威廉结婚时所产生的那种不良反应。我的意思是，大卫的身体始终给我莫大的慰藉。大卫让我获得莫大的慰藉。天啊，那个男人是我的安慰。

*

那晚，当我走进威廉的公寓，去和女儿及他共进晚餐时，我惊讶地发现两个女儿的丈夫不在那儿，我道出心中的疑惑，贝卡笑眯眯地说："我们把他们留在家里了。"

果然那地方看起来比先前像样多了，我走遍每个角落，赞叹克丽茜所做的一切。（壁炉台上的那个花瓶不见了。）威廉的气色也变好了，但在弯腰亲吻我的脸颊时，他还是叹了口气，用力捏了捏我的手臂，我明白那意思——他这样做是为了女儿，以便让她们看到他安然无事。两个女儿都动手下厨，我们四人坐在厨房里——埃丝特尔没把厨房那张圆桌搬走。威廉破天荒地喝了两杯红酒——我的意思，我想说的是，威廉几乎从不喝酒。此外我还想说：

我在那儿竟然感到自在极了。我相信我们每个人都那么觉得。那一刻仿佛脱离了实际的时间，我们四个人被猛地带回以前我们是一家人时的律动中，我感到整个人轻松舒畅，这是我想表达的意思之一。他们三人似乎也是如此。真不敢相信我们这么自如地聚在一起。我看着他们三个,每人的脸上似乎都闪现出几分幸福的光彩。

我们聊起我们全家以前认识的老朋友,聊起贝卡十几岁时,有一年她把她前面的头发挑染成紫色。我们讲起——这件事我们讲过许多遍——有一个夏日,克丽茜坐在她的汽车安全座椅里——当时她三岁——听她的父亲训示,因为她不肯停止吵闹,她的父亲把车驶到路边,用一根手指指着她说:"嗨,听好了,我告诉你,你开始惹毛我了。"克丽茜听完后身体前倾,对她的父亲说:"不,你听好了,我告诉你,你开始惹毛我了。"我们都很喜欢这则往事,和每次讲完时一样,我补充道:"你的父亲看看我,我看看他,然后他重新开车上路。自那以后,我们知道谁是老大。"现在早已长大成人的克丽茜,似乎被这事逗得羞红了脸。我们聊起在她们小时候,我们带她们去佛罗里达州的迪士尼乐园,克丽茜记得,在彩车游行中间,胡克船长停下,把他的剑一挥、指着贝卡,贝卡吓得要死,提到这件事,克丽茜笑得讲不出话。"我没有。"贝卡说,我们都对她讲,是有这么回事。"你九岁,"克丽茜说,"可你表现得像三岁的小孩!"贝卡大笑,眼睛里涌出泪水。

"她八岁,"威廉纠正克丽茜,"她那时八岁。"

我们待在厨房,我们谈笑风生。后来贝卡瞅了眼时间,她说:"噢,我得走了。"突如其来的伤感让她的脸色一沉,接着克丽茜说她也得走了。我瞥了一眼威廉,他看着我,然后说:"你也走吧,露西。行啦。"他站起身,"你们,都别留在这里了,我会收拾的。去吧——"他露出的笑容令我感到,他笃定他会没事,我相信两个女儿也有同样的感觉,于是,就在我们开始往厨房外走时,贝卡突然转身说:"全家抱抱?"威廉与我飞快地对视了一眼,我相信那感觉有一点像我们被人刺了一刀,因为在两个女儿很小的时候,我们偶尔会说:"全家抱抱?"然后我们四个会紧紧地抱在一起。这回我们也那样做,只是两个女儿长大了,克丽茜个头高过我,但我们还是抱在一起,接着我转过身说:"好啦,各位,走吧。"说完我们出发,我们三人坐电梯下楼,当我们走到街上时,贝卡的眼中缓缓淌下泪水,我伸出手臂搂住她,她开始痛哭,哭了一会儿,克丽茜神情严肃,随后我说:"那儿正好有辆出租车,姑娘们,你们过去吧——"

接着过了几分钟,当我自己坐进我的出租车时,我也开始哭起来。出租车司机说:"你没事吧?"我告诉他,有事,我失去了我的丈夫。

"真叫人难过,"他一边说,一边摇头。"请节哀。"他说。

*

以下是关于我自己母亲的事:

我以前写过她,我实在不想再写别的有关她的事。但我推想,为了下面的故事,有几点情况也许需要让大家知道。这几点情况大致如下:除了动粗时,我不记得我的母亲和她的任何孩子有过丝毫身体上的接触。在我的记忆中,她从未说过"我爱你,露西"。当我领着威廉去见我的父母时,她立刻将我拉到屋外说:"把那男人带走,你的父亲见到他心情烦乱!"于是我们告辞。她说，问题出在威廉是德国人，显然在我的父亲看来，威廉长得像德国人，这一点唤起他许多战时的回忆，令他想起那场战争给他造成的严重伤害。所以威廉和我上了车，我们开车离去。

那天，在我们行车途中，我向威廉讲了几件我在那间斗室——和先前在车库里——遭遇的事，那天是威廉第一次得知此事，他闷声不响，一直看着他前方的路。在接下来的几年中，我向他透露了更多。至今，只有他知晓在我从小长大的住处、那间斗室以及之前的车库里所发生的一切。

若干年后，我住院接受阑尾切除手术，术后病情反而越发加重，我的母亲——因为威廉支付她的旅费——到纽约来，她陪了我五天，她那么做非同寻常，令人难以置信。这件事使我领悟到她是爱我的。可无论是在这次探访的前或后，她都从不肯接我打去的由接听人付费的电话，当我想念她时，我偶尔试着给她打电话。她会对接线员说："那姑娘现在有钱了，她可以自己出钱。"可我那时并没有钱，我们还年轻，一切才刚起步，威廉不过是个博士后。

重要的不是上面这事。

重要的是,在我的母亲来看过我以后,过了几年,我去看她,当时她病入膏肓,住在芝加哥的一家医院,我去看她,而她叫我走。所以我走了。

有很长——非常长——一段时间,我一直相信她是爱我的。但在我的丈夫患病之际,以及后来他去世后,我疑惑她到底爱不爱我。我想原因是我对大卫的爱占了绝对上风。因此我——时而——对我的母亲变得有点小心眼起来。

我的哥哥独自住在我们儿时生活的那间屋子里。我的姐姐住在邻近的一座小镇,我们仨在前些年聚过一次,我们全都承认,母亲不大正常。

现在我每周和我的哥哥姐姐通一次电话。但以前有许多年,我们没讲过任何话。

我告诉自己,我的母亲爱我。我相信她以任何她能做到的方式爱我。正如那位亲切和善的女精神科医生所说:"愿望永远不灭。"

＊

　　威廉的父亲死后，凯瑟琳开始在她加入的乡村俱乐部打高尔夫球。她每周和同一群妇女一起打。她教威廉怎么打高尔夫球，但当我在大学里认识他时，他不打高尔夫球，我指的是，我从未见他打过，或听他谈起打高尔夫球。不过在我们搬回东部后，他和他的母亲一起打高尔夫球，他们第一次去打球时，我以为和打网球差不多，过一两个小时他们就会回来。结果他们打了五个多小时才归返，我气急败坏——他们去了哪里？他们带着几分笑意说："露西，高尔夫球就是需要那么久。"

　　那年——在我们结婚前夕——凯瑟琳为我安排了一堂高尔夫球课。她带我去乡村俱乐部的一家商店，给我买了一条高尔夫球裙，那裙子很短、淡红色，她还给我买了高尔夫鞋，我觉得好不习惯，我真的觉得好不习惯。后来，那位人称"职业选手"的教练给我上了一堂课，我想哭，我学不了那么难的东西。但我坚持努力挥杆，我的成绩一般，当凯瑟琳前来接我时，我相信她一定看出了我的苦恼。因为在我们走进俱乐部去吃午饭时，我无意中听到她对威廉低语："我想这太为难她了。"

没过多久是我的生日，凯瑟琳问我想要什么。我说想要一张书店的礼券。想象着走进书店、买几本书，我兴奋不已。在我生日那天，她拉我到车库，给我看一样东西，里面装着高尔夫球杆。她神采奕奕。"生日快乐，"她一边说，一边击掌，"属于你自己的全套高尔夫球具。"

我再没打过高尔夫球。

但埃丝特尔打高尔夫球；她和威廉在蒙托克，也在蒙托克以外、埃丝特尔母亲住的拉奇蒙特，一起打高尔夫球。连乔安妮也打高尔夫球，我们在威廉的住处共进晚餐后的几天，当我坐在家里望着窗外的河时，我记起这件事。

*

大约一周后，我询问威廉近况如何，他说："我没事。"他还说,布里奇特来住了几晚,然后我们挂断了电话。我想:好吧,我不会再打电话给他了,我感觉他对我有一点儿不屑。

但在那次通话后过了几周——那时已经快八月底——他在晚上打电话来,他说,他总在想着这个女人,洛伊丝·布巴,他同母异父的姐姐,他琢磨着是否应该与她联络。于是我们讨论了一番,他说,他想主动去找她,因为剩下的时间不多了,他们彼此有血缘关系,可他心存顾虑,如果她恨他呢?她必定会恨他的母亲。"我不知道该怎么办,露西。"他说。接着他说:"女儿们知道这事吗?"

我说:"我并没有告诉她们,你呢?"

他说:"没有。我刚想到,你可能会告诉她们。"

我说:"哦,我认为讲不讲是你的事。"

"好吧。"他说。

他挂断了电话。

五分钟后,他又打来,他说:"露西,你愿意和我一起去缅因州吗?"

我惊讶。我没说话。

"答应吧,"威廉说,"我们就北上去缅因州待几天——下星期出发。我们说走就走吧,露西。我们去那儿了解一下实地的情况。我有洛伊丝·布巴现在的住址,我们且去看一看吧。"

"只是去看一看?"我问,"我不太明白你的意思。"

"我也不明白。"威廉说。

*

下面是关于旅行的一些事:

凯瑟琳是负责带我们度假的人。我指的度假是在加勒比海的一个岛屿上,人们环绕游泳池,坐着晒太阳。她第一次带我们出游是在我们刚结婚时。一切由凯瑟琳安排;我们三人去开曼群岛。在那以前我只坐过一回飞机,是在我大四时,威廉带我飞往东部。我不敢相信我坐在天空中,我不得不表现出若无其事的样子,我努力掩饰。但其实惊心动魄。

因为已经有过一次坐飞机的经验,所以在去开曼群岛时,我起码可以表现得正常自然,或多少感觉正常自然。可我们一下飞机,走入那令人睁不开眼的阳光里，然后再坐小巴去酒店，我暗中感到惶恐极了。我不知道——毫无头绪——该做什么；怎么使用酒店的钥匙，穿什么去泳池，该怎样坐在泳池旁（我从没学过游泳）。那儿的人个个让我觉得如此优雅世故，除了我以外，人人清楚他们在做什么。上帝呀，我呆若木鸡！大字形的身体摊在躺椅上，涂着厚厚的油脂般的东西，他们的皮肤在阳光下闪闪发亮。有的人会举起手，一个扎马尾辫、穿短裤的女服务员会现身，记下他们要点的饮料。他们怎么都知道该做什么？我觉得自己是无形的——如我先前所言——可在那种情形下，最奇特的是，我感到自己既是无形的、不为人所见，又有一盏聚光灯照在我的头上，昭告着：这个姑娘什么都不懂。因为我确实什么都不懂。威廉和他的母亲把躺椅拉到一块儿，面朝广阔的大海坐下，然后威廉转身看我在哪里，他挥舞手臂，叫我去他们那儿。"露西，"凯瑟琳说，"怎么了？"她戴了一顶宽檐帆布帽。她的墨镜正对准我。我说："没什么。"我说我会马上再出来。我想返回房间，可我迷了路，在我们住的那层楼走错地方，耽搁了一会儿，当我走进房间后，我哭个不停。我想他们俩完全不知道有这回事。

只不过当我重新出去找他们时,他们还躺在躺椅上,凯瑟琳对我关切备至,她抓起我的手,她说:"我相信这样做难为你了。"

凯瑟琳的房间与我们的挨着,两间房都有玻璃拉门,打开外面是个小阳台,房间里的家具是浅米色,墙壁粉刷成白色。从我们的房间能听见凯瑟琳进出她的阳台,我能听见拉玻璃门的声音。晚上我们做爱时,我恳求威廉小点声。想到他的母亲就在隔壁,我惴惴不安。在我儿时住的那间斗室,我几乎夜夜听见父母做爱的响声,那声音可怕极了,骇人、尖厉,是我父亲发出的。在开曼群岛的那周,我睡得很不踏实。

两个女儿出生后,我就在泳池旁看着她们,凯瑟琳会与威廉并排而坐,他们会聊天。有一次我对凯瑟琳说:"你小时候有过这样的旅行吗?"当时她正在读一本杂志,她把杂志放下、搁于胸口,眼睛直视前方的大海。"不,从来没有。"她说。她重新拿起她的杂志。

我始终讨厌那些旅行。每一次我都讨厌。

有一次——大概是我们结婚五年前后——我们在感恩节去波多黎各旅行，我们住的地方比在大开曼岛的酒店豪华许多，周围有成片绿油油的草坪，还有一个巨大的游泳池，而且正对着外面的大海。也许因为是感恩节，我不知道为什么，我格外思念我的父母，甚至思念我的哥哥和姐姐。我凑了些二十五美分的硬币——我去找前台的男士，在没告诉威廉或凯瑟琳的情况下，换了尽可能多的硬币——在长长的一排公用电话旁拨出一个号码。那些公用电话整齐地排列在大堂一处比较僻静的区域，每部电话机后面都有桃心花木的挡板。我打电话回家，接听的人是我的父亲。听到我的声音，他似乎非常惊讶，我不怪他。我甚少打电话给我的父母。他说："你的母亲不在家。"我说："没关系，爸爸，别挂断电话。"

他和蔼地说："你没事吧，露西？"

我脱口而出："爸爸，我们和威廉的母亲一起在波多黎各，我不知道该做什么！在这样的地方，我不知道该做什么！"

我的父亲过了片响说:"那儿美吗?露西。"

我说:"我想是吧。"

他说:"我也不知道你可以做什么,也许就欣赏欣赏风景?"

那天,我的父亲,他那么对我说。

可我无法欣赏风景。我忙着在泳池里看顾两个女儿,应接不暇。她们虽然只是小不点儿,却十分喜欢在泳池里戏水,凯瑟琳给她们买了充气的救生圈,她们套在身上,人不会沉下去。间或,凯瑟琳会到池里和两个女孩一起玩,她会指着站在近旁的我,对两个女孩说:"游向妈咪,游向妈咪!"她会一边大笑、一边拍手。然后她会爬出池子,回海滩上去看书。如果威廉在泳池附近,或更巧,就在泳池里,我会感觉好一些,我觉得比较踏实,不会因池边坐着的一圈人而发怵,他们的手腕从躺椅上垂挂下来,太阳照着他们闭拢的眼睛。可威廉从不会在泳池里待很久,因而只留下我独自陪女儿——我会提心吊胆。

这类旅行结束后,在返程的飞机上,两个女儿会脾气暴躁,(在我的记忆中)当我们在机场候机时,她们的父亲会沉默不语。一上了飞机,我会坐在两个女儿中间，设法逗她们玩，但我经常觉得一肚子火。因为若她们其中一人哭喊，其他乘客便会投来怒视的目光，而威廉和他的母亲只是坐在飞机另一处的位置。

自那以后，我携我的作品周游世界——我的书问世，外国出版商邀请我去，还有世界各地的文学节。自那以后，我游历了许多地方，我旅行时坐的是头等舱，机上会发给你一个小洗漱包，里面有牙膏、牙刷和一副眼罩——到现在我已经像那样旅行了许多回。

人生多么不可思议。

*

我和贝卡、克丽茜星期六约在布鲁明戴尔百货公司见面，这样做已成为我们数年来的惯例。我们先去七楼，那儿供应酸奶冰激凌，然后我们在商场里四下闲逛。以前我写过和我的女儿这样见面约会的事。

不过我现在提起这事，是因为那天她们到来时，贝卡说:"妈!爸爸在胡说八道些什么?他的妻子离开了他,然后他发现他有个同母异父的姐姐?妈!"她用棕色的眼睛盯着我。

"我知道。"我说。

克丽茜站在那儿,表情严肃。她说:"这事有点儿骇人听闻,妈。"

"是的,我完全同意。"我说。两个女儿都说,她们很高兴我将陪她们的父亲去缅因州。

我仔细看了一眼克丽茜,但我觉得她似乎没有怀孕,她也只字未提此事,最后——我们吃完酸奶冰激凌,在逛鞋履区时——她说:"我打算去看专科医生,妈妈。我年纪不小了。"

"好呀,期待你的喜讯。"我说,她悄悄伸出胳膊,挽住我的手。

我知道,按照我们社会的有些风尚,当母亲的会步步紧逼,追问那位专科医生是谁?我可以陪你一起去吗?情况到底如何?但我不是在那类风尚下长大的。我出身于一个清教徒家庭,我的父母,其祖祖辈辈都是清教徒——他们以此为荣——我们相互间没有那样的对话。在我童年的家中,我们很少交谈。

不过当我们道别时,我照常亲了亲两个女儿,并一如既往、真实不变的,我感到一种离她们而去的苦,这次,我的心痛得更厉害一点儿。

"一路顺风!一路顺风!"她们在准备下楼梯去地铁站时,隔着马路喊道。"保持联系,告诉我们事情的进展!再见,妈妈!再见,妈妈!"

*

由于我刚在前文中提到我的父亲,所以我想再多说一点儿有关他的事。他有严重的创伤后应激障碍。他经历了第二次世界大战,在德国,他的身心因此遭受了莫大的创伤。他绝口不提那场战争,想必是我的母亲告诉了我们他参战的事,因为从小到大我清楚有这么回事。他的创伤后应激障碍(虽然当时我并不知道这个术语)表现为一种不安的欲望,强烈到仿佛近乎不间断地激起他体内的性冲动。他经常在屋里走来走去——

我不打算再多言此事。

但我爱他,我的父亲。

我真的爱他。

我想之所以提到我父亲的丑事,是因为当我在收拾去缅因州的行李时,我想起威廉的父亲。如我先前所言,他是为纳粹而战的一方。(我的父亲是对抗纳粹的那方。)威廉的父亲和凯瑟琳之间有书信往来,她告诉我们,他回到德国后,他说他"不喜欢那个国家所犯下的事"。但那些书信荡然无存——我的意思是,凯瑟琳死后,威廉和我怎么也找不到那些书信——所以我想我们并不了解他的父亲如何看待那场战争,除了威廉记得的与他的一次谈话,当时威廉十二岁上下,他的父亲说起德国——说他不喜欢他们所犯下的事。我一边把一件夏装上衣放进行李,一边琢磨这话。他的父亲为什么要到美国来?那个男人只是想跟凯瑟琳在一起吗?或是他想当美国人?他在法国的一条沟里被几个美国兵发现,他以为他们会对他开枪,可他们没有。他说——据威廉和凯瑟琳所述——他希望能找到那几个人,感谢他们。他说不定既想和凯瑟琳在一起,又想当美国人。可能两者兼有。他上了麻省理工学院,如我先前所言,成为一名土木工程师。

接着我又在琢磨威廉夜惊的事。他说他的眼前浮现出那些毒气室和焚尸炉。

我想起在威廉继承他祖父的那笔战争财之际，那时候凯瑟琳仍在世，对此她几乎未加置评。但事后不久，她一边躺在那张橘红色的沙发上，一边亲口对我说："那些钱是不义之财。他应该全部捐出去。"

可威廉没有全部捐出去，他变得非常富有。不过如我前面所说，他确实也捐钱。每次我向威廉问起那笔钱，以及他会怎么处理时，他总是缄口不言。"我准备留着这笔钱。"他说。他果真如此。我始终不理解他为什么这么做，但现在我思忖，他会不会认为自己被亏欠了？是不是因为威廉的父亲在他非常年少时过世？我知道人在经历过失去后，有时会下意识地认定他们应当拿回点什么作为补偿。可威廉是在许多年后才得到这笔钱，不过那份丧亲之痛，我相信始终存在。但如今想来，我真觉得，无论当时还是现在，威廉始终认为自己深受亏欠。

凯瑟琳与她的丈夫没有去过德国。我想到他们俩——除了威尔海姆在战后回了一趟德国以外——都再没重返他们童年的家园。那一点是他们的共同之处。

我顿然醒悟，当我把一件睡袍装进去缅因州的行李箱时，我忽然明白了，威廉的人生正是行进在这样的基础上，犹如火车隆隆驶过松动的铁轨。许多年前他和我去了达豪集中营，那些画面留在他脑中、挥之不去。他被他在德国看到的东西吓呆了。想必他因父亲在其中扮演的角色而深受困扰。那是难以言说的恐惧。他迷失了自己。

以上是我的猜想。

也许他感到——如果他允许自己思考一下的话——这次经历在某种程度上改变了他，对他的影响超过其他任何事，甚至可能超过他母亲的死？

可另一方面，正是在他母亲死后——至少我这么认为——他开始在外头有了女人，有了乔安妮。

我只想说：我不懂威廉是个怎样的人。我对此感到迷茫。我曾多次想搞明白这个问题。

*

我应当说明：

我并没告诉过两个女儿她们父亲偷情的事。我打算：绝不让她们从我口中得知此事。所以我没对她们讲过，即使在我离开威廉后，我仍未告诉她们有关她们父亲偷情的事。

后来有一天——距今不算很久，大概六七年前吧——两个女儿和我，我们一起去布鲁明戴尔百货公司，逛完后我们去附近一家餐厅喝杯酒。当我们坐下时，她们互相对视了一眼，接着克丽茜说："妈妈，你们俩在一起时，爸爸是不是有过外遇？"

我久久不说话，我只是看着她们，她们睁着清澈的眼睛看我。然后我说："你们做好准备，要谈这件事吗？"她们俩都说准备好了。

于是我说："是的，他有外遇。"

贝卡说："和乔安妮吗？"

我说："是的。"

然后我说——我想要公平起见——在我离开她们的父亲之际，我也和他人有染。我的目光从一个女儿身上转到另一个女儿身上。我说，当时我爱上了一位来自加利福尼亚州的作家，我和他发展出恋情。我告诉她们，这位作家结婚了，接着我还说："他有孩子。所以我也有过外遇。你们应当知晓。"

她们似乎对此感到好奇,而非惊讶——这点令我意外。克丽茜说:"后来怎样了?"我说:"唉,他的婚姻最终还是走到了尽头,但——哦,我是说,我知道我不会和他在一起,我也确实没和他在一起。但我清楚,那件事以后,我不可能继续和你们的父亲住在一起。"她们的反应最令我意外的是,她们似乎并无兴趣了解这件事的原委。克丽茜想知道更多关于乔安妮的事。"有多久?"她问,我说我不知道。

贝卡说:"我以前挺喜欢她的。"克丽茜转头对着她说:"你爱她。"语气中近乎包含怒意,我遂说:"唉,你们当然喜欢她,我的意思是,你们并不知情。"

她们安静地坐在那儿,后来贝卡摇摇头说:"这辈子我什么事都不明白。"

我说:"我也不明白。"

我们道别时,两个女儿亲了亲我,与我拥抱,并对我说她们爱我。我被我们的对话搞得六神无主,而她们似乎并未受到特别的冲击。我觉得她们似乎没有。

可到底有谁真正了解另一人的体会呢?

第二章

威廉和我约在拉瓜迪亚机场碰面,我远远看见他,我发现他的卡其裤短了一截。这一幕令我略感伤怀。他穿着平底便鞋和蓝色的袜子,一种既不深也不浅的蓝色,那袜子有几英寸[1]露在外面,未被卡其裤盖住。哦,威廉,我心想。哦,威廉!

他一脸憔悴。他的眼圈有点发黑。他说:"嗨,芭嘟。"然后在我旁边坐下。他带了一个有轮子的小旅行箱,茶褐色,双色调。我推断那箱子价格不菲。他看了看我的拉杆包,颜色是鲜艳的紫罗兰色,他说:"这是你的包?"

"哦,少来,"我说,"这包绝对丢不了。"

"我想也是。"

---

[1] 1英寸 = 2.54厘米。

接着他交叉双臂,环视四周,然后说:"你去过缅因州吗,露西?"一个宝宝正在机场铺了地毯的地上爬来爬去,他的母亲跟在后面。她的胸前挂着婴儿背带,她朝我们微笑,我看见威廉对她回以微笑。

"去过一次。"我说。他说:"是吗?"

"就是我受邀去雪梨瀑布镇[1]的一所大学朗读我的作品。我记得我告诉过你这件事。"

"再跟我讲一遍吧。"他说。他的眼睛在东张西望。

"我不确定是哪本书,可能是我的第三本?总之,那所学校英语系的系主任邀请我去——他是一位短篇小说作家,我整个下午和他待在一起,听他讲他母亲渐渐老去的事,以及由此给他带来的各种麻烦。后来在我们逛校园时,我隐约注意到没有一张关于我当晚活动的宣传海报,就我所见没有。接着他带我去吃晚饭,然后我们到举办活动的教室,里面摆了约一百张椅子。结果没有一个人来听。"

我讲完,威廉看着我。"当真?"

---

[1] 这是作者以自己缅因州的家乡为原型虚构的小镇,她的多部作品都是以这座小镇为背景的。

"是啊,千真万确。仅此一回。于是我们等了大概半小时,然后我走了,回我住的地方,他发电子邮件给我,说他很抱歉,他不知道事情为什么会这样。直到后来我才醒觉,起码他的学生应该到场。他想必也没通知他们,我猜。我回邮件给他,说没关系。"

"见鬼,"威廉说,"他有毛病吗?"

"我不知道。"

"我知道。"威廉近乎一脸怒容地看着我。"他嫉妒你,露西。"

"会吗?我不知道会这样。"我说。

威廉叹了口气,然后缓缓地摇头,并再度看着那个在地上爬来爬去的小宝宝。

"不,你不会知道,露西。"他说,他扯扯胡子,"他们付你钱了吗?"

"噢,当然。我是说,我不记得了。你知道,肯定有点微薄的报酬。"

"见鬼,露西。"威廉说。

*

我们在夜里大约十点差一刻抵达班戈。那架小飞机上没几个乘客。步行穿过班戈机场,机场里光线昏暗,有点令人发毛。我注意到许多欢迎退伍军人返乡的牌子,威廉说他查了这方面的资料,这儿以前是个空军基地,飞机跑道特别长。许多在海外服役的人,回来第一站会先到这里;或是从这儿前往海外,这儿是他们离开美国前的最后一站。他说,在伊拉克战争期间,好多人经此地返回他们的故乡,缅因州的居民隆重地欢迎他们。这儿有一条过道,我们没从那里走,但入口处贴着硕大的字:迎宾厅。在某些方面,那地方简直像个博物馆。由此我想起我的父亲。我的父亲从德国归来时是先搭船到纽约,然后坐火车一路返回伊利诺伊州。但威廉的父亲有无可能是这样抵达缅因州的?他作为战俘,被飞机载到这里?

"不,"威廉说,"他从欧洲坐船来,下船后在波士顿上火车,我一直在读这方面的东西。"

有种奇怪的感觉,觉得有些事像做梦一般。

后来我见到一个男人，他（在我看来）打算在机场过夜。他不老也不年轻，但他随身带着许多大的白色塑料袋，没有行李箱，他孤身待在机场一处灯光调得很暗的区域。我相信他发现我在看他；他的腿上放着一大袋薯片，他停下吃的动作。

我们的酒店和机场连着，穿过一条走道便到酒店大堂，虽然里面有两张椅子，但看起来不像大堂。威廉办了我们的入住手续，独立的两间房，我转身，看了看就在我们身后的酒吧。男人和少数几个女人坐在高高的木头椅子上，每双眼睛都盯着挂在他们上方的电视。我从威廉旁边走开，我问吧台后的那名女子，劳烦，我可否点一杯霞多丽葡萄酒。"酒吧打烊了，"她头也不抬地说，"十点打烊。"她正就着水槽里放的水在洗玻璃杯。

"可以通融一下吗？"我问。墙上的钟显示还不到十点五分，那女的没再讲话，但她给我倒酒时一副不悦的态度。

我端着酒，拉着我紫罗兰色的包，跟在威廉身后，我们的房间彼此相邻。当我走进我的房间时，里面很冷，调温器设定在 60 华氏度[1]。我这辈子最讨厌冷。我关了空调，但我知道这房间会一直让我觉得冷。浴室里有一小瓶（极小）漱口水，还有一把包着玻璃纸的男用塑料梳子。我的目光久久停留在那把梳子上。这正是我父亲以前用的那种梳子。我已经很多年没见过这样的梳子，如此小巧，又是塑料的，可以从中间弯折，如果愿意的话，能听见它啪的一声断裂。我敲敲威廉的门，他让我进去，他说："见鬼。"他的房间也很冷。他开着电视，我进去时他把电视转成静音。我坐在床沿，看到电视屏幕上是一则宣传纽扣收集史的广告——展示了三个不同的陶碗，里面装满形形色色的纽扣，摆在一张铺着一块织物的木桌上——紧接着是一则照护阿尔茨海默病患者的广告。

"跟我讲一下明天的安排。"我说。

我们会在路上吃早饭，吃完早饭去霍尔顿，开车经过洛伊丝·布巴的家。只是看一看。她住在和气街十四号。然后我们可能开车去费尔菲尔德堡，因为

---

[1] 60 华氏度 ≈ 15.56 摄氏度。

1961年，洛伊丝在那儿的土豆花节上荣膺选美冠军，威廉在网上找到一张她的照片，她被车子载着，穿行于费尔菲尔德堡的大街小巷。我盯着他平板电脑上的那张照片，因为是老照片，我看不出那名女子（她如此年轻）长得像不像凯瑟琳。但她很漂亮，那点我看得出来。她坐在一辆彩车上，那辆彩车外面贴有大量皱纸，街上人头攒动，还有轿车和若干公共汽车。

"然后，如果我们有时间的话，我想去普雷斯克艾尔，因为那儿是洛伊丝·布巴的丈夫的故乡，我们可以迅速地四处看一看。"

"行，"我说，"可为什么要去那里？"

"就是看看。"威廉说。

"好吧。"我说。

"所以我们上午走收费高速公路去霍尔顿，能看到多少算多少。"威廉说。我觉得他显出一副老态。他垂头丧气地站在床边，他的眼神暗淡无光。

"晚安，露西。"他在我起身离开时说。

我回过头，我说："近来你还有夜惊吗？威廉。"

威廉一摊手说："没了。"接着他补充道："我的生活变得更糟，所以夜惊不再出现。"

"明白了,"我说,"晚安。"

我打电话到前台,请他们多给我一条毯子,他们过了四十五分钟才送来。

*

那晚我梦见了"公园大道的罗比"。在梦里,他情绪激动,我醒来,去了一趟浴室,然后重新上床,我回想起他。

离开威廉后——迄今已过去许多年——我和一个男人有过一段模棱两可的恋情(我说的不是先前提到的那位作家,这段模棱两可的恋情是后来的事),我在我的朋友面前称这个男人为"公园大道的罗比"。我在纽约新学院的一堂课上与他相识,当时我在那儿学习第二次世界大战的历史,试图更好地理解我的父亲,看我能弄清多少关于阿登战役、许特根森林战役的事,因为我的父亲在战争期间在这两个地方驻扎过。我在前面讲过,战后他一直饱受折磨、痛苦不堪。我的父亲在我上这门课的前一年过世了。

我先在电梯里跟"公园大道的罗比"打招呼，后来我才意识到，他在某些方面——他脸上的某种表情——会令我想起我的父亲。他老得可以当我的父亲，只是和我的父亲比起来，岁数小一些。与我的父亲不同，"公园大道的罗比"衣冠齐楚。他个子很高，身穿一件藏青色的长大衣。

第一次去他位于公园大道的公寓时，我惊讶地发现那地方一点也不像家，而且在某种程度上确实不是一个家。"公园大道的罗比"结过两次婚，他的上一位女友刚刚为了一个消防员与他分手——让罗比耿耿于怀的似乎正是消防员这个点。"一个消防员。"他会说，有时还哈哈一笑，有时只是摇摇头，"一个小小的消防员。她只是厌倦了我，我猜。"他这么讲这位前女友。

我们上床，他表现得非常温柔，但他会说："我在向妈咪打炮！我在向妈咪打炮！"这话简直吓得我魂飞魄散。事后，我不得不服下两粒手提包里的镇定药，然后靠着他入睡，我的头贴近他的胸口，一夜睡到天亮。

每次他都讲那句话。

连续三个月，我们每周六晚在一起。

*

早上，威廉轻叩我的门。他穿着那条有点短的卡其裤，我的反应和前一天在机场初次看到他穿那条裤子时一样，但我昨晚累到了，我的反应不似前一天那么强烈。

威廉告诉我——他站在我的房间门口——前一晚上床睡觉时，他感觉自己抱着贝卡，贝卡大概一岁。"她布满汗水——记得以前她常出汗吗？她布满汗水的小脸和她的脑袋依偎在我的脖子上。哦，露西。"他看着我，在回忆我们的小孩时，他的脸上显出痛苦之色，由此我对他涌起一股爱意。

"哦，威利，"我说，"我明白你的意思。有时我也会那样，感觉以前的事历历在目。"

他盯着我，继而我意识到他并未真的在看我。

"你睡好了吗？"我问他，他听完突然微微一笑，他的胡子颤动着，他说："睡好了。真是诡异吧？我睡得好极了。"

他没有问我睡得如何,我也没告诉他。

我们拖着各自的行李下楼去租车点,我们上了车。那日天气晴朗、暖和,但不是太热。空无一人的停车场似乎望不到尽头。在驶出机场之际,我们经过两块牌子,一上一下:上面那块写着"康复护理",底下那块写着"天使护工"——底下的牌子更大,上面还用黄和紫画了一个展翅的天使。"这儿的人都上了年纪,"威廉告诉我,"这里是全美平均年龄最大、白人比例最高的州。"

收费高速公路上几乎看不见其他车。草儿从路边的水泥地里冒出来。我们经过一块牌子,写着"限速 75 英里[1]/小时"。我凝视我那侧的窗外,看到一棵树的树冠上,叶子是橙红色,还有正在随季节变化的黄色树叶,一棵火红的小树和其他树一起沿公路排成行。路旁的草有点被太阳晒得褪了色,缺乏盎然的绿意,这是典型的八月风光。再远处是高耸的树。

---

[1] 1 英里 ≈ 1.609 千米。

而后我记起：

在我和威廉婚姻存续期间，我的脑中自始至终都有个画面——在凯瑟琳活着时如此，她死后则越发确凿无疑——我常常暗地里把威廉和我想成格林童话中的汉赛尔和格莱特，两个在森林里迷路的小孩，寻找着可以指引我们回家的面包屑。

这画面听起来好像与我说的"我唯一有过的家是和威廉在一起时"矛盾，但在我看来，二者都是真实的感受，并意外地互不抵触。我解释不清为什么这画面等同于真实感受，但事实如此。我推想，因为和汉赛尔在一起——即便我们在森林里迷了路——让我有安全感。

在我们行车途中，我觉察到一种熟悉的感受，这种感受始于昨晚，和那个看似如此不真实的机场有关，那儿根本不像一个机场。我觉察到的是：

我感到害怕。

公路旁的树逐渐变得矮小，接着出现一长排茂密的松树。又过了几分钟，我看见左边有一片白桦林，那些桦树长得细细瘦瘦。可除此之外，开阔的公路望不到尽头。一路上没有任何标牌，也没有其他车，只有一两辆车从我们旁边经过。

先前我提到过，我很容易担惊受怕，当我们行驶在这条收费高速公路上、几乎看不到另外的车时，我心想：唉，我真后悔到这里来！

我畏惧不熟悉的东西。我在纽约住了许多年，我熟悉那儿：我的公寓、我的朋友、大楼的看门人、市内每停一站发出一声呜咽的公交车、我的女儿……那一切都是我熟悉的。眼下我所在的地方是我不熟悉的，因此我心生惶恐。

我惶恐万分。

我无法讲给威廉听，因为我忽然觉得，我和他的关系没有亲近到可以告诉他我害怕。

妈咪，我在心中喊道，妈咪，我觉得好吓人！

那个我多年来编造出的母亲回应：是的，我知道。

我们一直开啊开，威廉透过挡风玻璃盯着我们前方这条没有尽头的公路，沉默不语。最后他终于转头瞅了我一眼说："我们现在停车吃个早饭，行吗？"我点头。他在一个出口下了高速。我不再留意窗外的景物。

走过停车场，在快到餐厅正门的地方，我们经过一辆装满垃圾的车。除了驾驶座以外，车里的每个角落都充塞着垃圾、废品。虽然没长出什么东西，但各种废品堆至车内的顶篷——那是一辆老式四门轿车，有报纸、旧的包装蜡纸，还有那种用来装食品的小硬纸板盒。车牌上有一个硕大的字母V，并同时写着VETERAN（退伍军人）。

"威廉。"我低语，他说："什么？"我说："你有没有看见那个？""很难不注意到。"他一边说，一边拉开餐厅的门，先于我走了进去，但他说那话的语气冷冷的——在我听来，我的惊慌加剧了。

哦，我惊慌失措！

如果你没去过那地方，你不会了解。

店里大概有十个人。从内部看，那地方像个小木屋——我指的是，几面墙壁用圆木搭建而成，里面的女服务员态度非常友好。一位年轻、涂着大红色唇膏的服务员领我们到一个卡座，她长得珠圆玉润，热情洋溢地招呼我们。威廉看了看菜单，但我不饿，当那位女服务员回来时，我点了一份炒鸡蛋，威廉点了鸡蛋和洋葱土豆煎饼。

在我们对面——右边——是一个没有牙的男人，他与另外两个男的坐在一起，没有牙齿的那人正在讲护照相关的事。

"威廉。"我说。

他看着我。"怎么了？"

我轻声说："我害怕。"

接着我看到——我感觉我看到——威廉内心沉了一下，他说："哦，露西，你究竟害怕什么？"

"我不知道。"我说。

"还是那个老毛病吗？"

"有一阵子没犯了，"我说，"连——"我本想说连我的丈夫死后也没犯过，那种悲痛不同于恐惧。但我没把这话说出口。

我保证我看到威廉近乎翻了个白眼。"你要我怎么做呢?"他问。那一刻我恨他。

"什么都不用做。"我说。

接着威廉说:"也许这儿令你想起你的童年吧。"

我说:"这儿没有让我想起我的童年。你见到一块大豆田了吗?"但我随后发现他讲得对。在我们停车到这家小餐馆吃早饭前,我们一路上几乎一个人都没看到,这种与世隔绝感令我惶恐。

"好吧,露西。"威廉坐着向后一靠。"我不知道能怎么帮你,如你所知,我的妻子刚在七个星期前离我而去。"

"我的丈夫过世了。"我说。我心想:这是要比赛吗?

威廉说:"我明白。但我不知道能怎么帮你消除恐惧,我从来不知道能怎么帮你消除恐惧。"

我回道:"哎,你可以为我拉着门,而不是自己抢先进去。"我又说:"再者,你可以穿一条长度合身的裤子。你的卡其裤太短,看得我难受死了。天哪,威廉,你看起来像个呆子。"

威廉向后一靠。他的脸上突然露出十分惊讶的表情。"真的吗？你确定？"他把身子在座位上往前一挪，然后起身。"是吗？"他一边问，一边低头看。

"是！"我说。他的胡子颤动了一下。

他重新在我对面坐下，把头往后一仰，哈哈大笑，一种他特有的真实、发自内心的大笑，我已许久没听到过了。

我心中的惶恐消失了。

"听听你的话，"威廉说。"露西·巴顿在跟人讲，他的裤子太短了。"

"哎，我是在跟你讲。这裤子看起来滑稽可笑。"

威廉又大笑了一下。"你叫我呆子？谁还在用呆子这个词？"

"我。"我说，威廉再度哈哈大笑。

"这条裤子是我最近刚买的。"他说。他补充了一句："我不知道它是不是短了。"

"是的。它太短了。"

"我试这裤子时没穿鞋。"

"别解释了，"我说，"但这裤子你还是捐掉吧。"

我因威廉的大笑而心情愉快。之后一切顺遂。

那位女服务员端来我们的餐点，分量大得惊人。威廉的盘子里一堆略带红色的炒肉末，上面盖着两个煎鸡蛋，再覆上土豆，此外还有三片厚面包。我的盘子里一份滑嫩的炒鸡蛋，外加油腻的培根，同样也有三大片面包。"哦，天哪。"我说。威廉也说："我的妈呀。"

"行，现在听好了。我们见到洛伊丝·布巴时该怎么办？"威廉问。他拨弄着盘子上那略带红色的东西，然后挖了一勺到嘴里。

我说："等我们到了那儿再说吧。"

我们谈论洛伊丝，谈她当选土豆花节的选美冠军，还有她是否知晓她的母亲离弃她的事。威廉认为她应当知道，我不那么有把握。"是啊，谁知道呢，谁知道，"威廉说，接着他摇摇头，"哦，哎呀。"他说。

最后那位女服务员过来，说她可以帮我们打包剩下的食物，让我们带走。威廉说："哦，没关系。我想我们吃好了。"

"你确定？"那位女服务员问。她似乎感到惊讶，她噘起涂了口红的嘴唇。

"嗯。"威廉说。她说她会拿账单给我们。"也许她是我的一个亲戚。"威廉说。他讲这话的语气不是在开玩笑。

"有可能。"我说。

在走出小餐馆时,威廉拉开门,做了一个夸张的手势,示意让我先行。

*

我们开车行经那家小餐馆所在的镇,路过一个牌子,上面写着:"利比五彩精品店:地毯、复合地板、塑胶地板,暂停营业。"在驶出那个镇时,我们看见许多电线杆上挂着美国国旗,一面接一面,中间偶尔穿插一面代表战俘的黑旗。我们没有一下子找到收费高速公路的入口。我们在蜿蜒的路上驶啊驶,某一处的路旁有矮矮小小的宽叶香蒲,还有名叫一枝黄花的植物和一种顶端略带桃色而其余部分呈棕色的干枯的草。在八月末一个周三的中午时分,路上没有别的车,连人也不见有。但有许多快要倒塌的房子,这些房子侧面的墙上有许多颗代表退伍军人的星星,金色的星星代表已故的军人。

我们经过几块写着"为美利坚祈祷"的牌子,还有联合圣经公会营地的小木屋。

数辆锈迹斑斑的废车堆在一栋老建筑旁,那栋建筑看起来已弃用好多年,车和楼都与马路隔着一段距离。

我说:"如果我是男的,想要杀害一名少女,并抛尸、逃之夭夭的话,我会在这儿下手,把她的尸体弃于此,信不信?"

威廉转头瞅了我一眼。他面露微笑,他的胡子随之动了动,他把手短暂地搁在我的膝盖上,"露西呀。"他说。

可刚讲完那话——如果我是男的,想要抛弃一具少女的尸体云云——我便意识到:

行驶在这条路上,看着那些摇摇欲坠的房子和路旁的草,周遭什么人也没有,我几乎怀念起我的父亲开卡车载我的情景,年幼的我坐在他旁边副驾驶的位置,窗户开着,风吹起我的头发,只有我们两人——我们要去哪里?在我的记忆中,这不是一段凄凉的童年往事。相反，我的心中有某些东西深深地沉了下来，我近乎感到——我该怎么描述我的感受呢——一种近似自由的感觉。当年我与父亲并排坐在他驾驶着的红色老雪佛兰卡车里时，我那样觉得。此刻，当我坐在威廉旁边时，我差点想一挥手说：这些人和我是同类。但他们不是。我从未觉得自己属于哪一类人。然而眼下，身在缅因州的乡村，我忽然领悟到一种理解，理解住在这些房子——这寥寥几栋我们经过的房子里的人，我想我只能这么说。这番领悟虽然来得莫名其妙，但真切实在，好一会儿我都处在这样的体悟里，我明白自己身在哪里。甚至，我还对那些我们没看见的、住在这几栋房子里、把他们的卡车停在屋前的人深有好感。我近乎这么觉得。我的确这么觉得。

但我没把那感受讲给威廉听，他的家乡是马萨诸塞州的牛顿市，不像我，我来自伊利诺伊州贫穷的阿姆加什镇，而且，他在纽约生活了这么多年。虽然我也在纽约生活了多年，但威廉是纽约人——他穿定制的西装，而我觉得自己从未像他那样是纽约人。因为我从未在纽约占据一席之地。

*

当时我想起一位我在一次聚会上遇到的女人。那次是自大卫过世后,我头一回——也是仅此一回——去参加聚会,我原本认为会完全提不起精神。但现场有个女的,她大约比我年轻十岁,我猜她五十三岁上下,她告诉我,她上了一个名叫"我只想聊聊天"的网站,结果她的生活发生了变化。她睁大眼睛、直言不讳地对我讲起这事。她的眼角沾了很小一点眼妆,我一直想告诉她,但我始终没讲。后来,我打消了想告诉她的念头,我专心谛听,那故事有趣极了。她刚去了一趟芝加哥回来,她在那儿的德雷克酒店与一个男人见面——她说那是他们第三次见面,他们只聊天。他们不干别的。

我问她害不害怕——我是指和一个男人见面。她之前说了,这个男人和她年纪相仿。她说,起先她有点害怕,但见到他后(说着,她把手搭在我的胳膊上),她心想:噢,他真是太寂寞了!"我也一样。"她说,并点点头。她说,他们轮流讲话。据她所言,她需要聊聊她的婆婆,虽然她早在几年前已经过世,但她觉得"和她的关系尚未了结。"。而这家伙，他叫尼克，他想聊他儿子的事，他的儿子整天不务正业，他的妻子腻烦了讨论这个话题，所以轮到他讲话时，他就聊这事。"我们做的只是谛听彼此。"她说。她抿了一小口她的气泡水——不是酒，我注意到——然后点点头，她不停地点头。"我甚至不确定他的名字是不是真叫尼克。"她说。

我问她是否觉得自己可能会爱上他。

她又抿了一口她的气泡水，然后说："好笑，你竟这么问我，其实在我第一次见到他时，我心想，我的天哪，不，我绝不会爱上他！当然，这是好事。可你知道吗，之所以好笑，是因为自上次见了他后，我就一直想念他，你知道，可能有那么一丝——"

"你好！"这时，一个更年轻的女人和她打招呼，并张开双臂拥抱她，接着，和我聊天的那个女人一边举起她手中的气泡水，一边说："哦，我的天哪，是你！"然后她走开了，我再没见过她。

我在这儿想表达的是，人们寂寞。许多人无法对他们熟悉的人道出内心可能想要说的话。

我们在中午时分抵达霍尔顿。太阳照耀着巍峨的砖砌建筑：一栋县政府大楼、一间邮局。主街上有几家商店——一家卖家具的，一家卖礼服的。我们缓缓地在镇上行驶，而后我看到一块写有"和气街"的牌子，我大叫："威廉，我们开的这条路就是和气街！"我望着窗外，那儿都是木头搭建的小房子，我们途经两栋白色的房子。接着我们驶过十四号，那栋房子是该街区里最漂亮的。它的规模不小：有三层楼，深蓝色的外墙是新粉刷的，配有红色的边饰，屋前有一片小花园，前院还挂着一张吊床。我们开车经过时威廉盯着那栋房子，然后他继续往前开，我们在下一个街区的路边停下车。

"露西。"他说。

我说："我知道。"

我们在那儿坐了几分钟，阳光透过挡风玻璃射进来，我环顾四周，就在我们附近有一家图书馆。"我们去图书馆吧。"我说。

"图书馆？"威廉说。

"是的。"我说。

*

走进图书馆,我们看见一段楼梯,弯曲着通往楼上,还有一个借阅柜台,馆内有三两个人。一名年轻女子和一位老翁,他们俩都在看报纸。里面的气氛让人感到怡然自得,符合小镇图书馆应有的氛围。坐班的图书管理员抬起头看我们。她大概五十几岁,她的头发几乎没有颜色,我指的是一种浅得发白的棕色——她年轻时肯定是一头金发;她的眼睛不大不小,我的意思是她相貌平平,但她和颜悦色,她几乎即刻对我们说:"有什么可以帮你们的?"所以她大概看出我们是外地人。

我说:"我们到访此地,因为我丈夫的父亲是德国战俘,在这儿的土豆地里劳动过。你们有那方面的资料吗?"

她打量我们,接着她从服务台后面走出来说:"是的,我们有。"她带我们去主阅览室的一角,那儿被辟为"德国战俘资料区",我看到威廉在见到这一区时难掩激动的表情。那个角落的墙上有几幅美术作品，是一部分德国战俘画的。有数本旧杂志，里面有写德国战俘的文章，还有一册薄薄的书。

"我叫菲莉丝。"那位妇女说，威廉与她握手，我觉得那举动似乎让她吃了一惊。她询问他的名字，他告诉了她，接着她转向我，问我叫什么，我喃喃地说："露西·巴顿。""好啦，你们自己随便看吧。"菲莉丝说，她从旁边拉来两张扶手椅给我们坐，我们向她道谢。

那里有一架子的旧照片，我审视其中一张，我说："威廉！这是他！"那张照片注明了上面跪在地上的四个男人的名字。有一人面带微笑，其余的没有笑。威尔海姆·格哈特在这队人的末端。他没有微笑。他的帽子歪着，他目光严肃地看着镜头，我觉得近似一种"去你的"表情。威廉拿起那张照片，目不转睛地盯着它。在他看照片时，我望着他的脸。继而我把头转开。

当我转回头时，威廉的目光依旧停在那张照片上。最后他朝我转过脸说："是他，露西。"接着他压低声调补充了一句："的确是我的父亲。"我再度看着那张照片，我——再度——被威廉父亲脸上的神情所吸引。这些男人一个个模样瘦削，但威廉的父亲眉毛浓黑，眼睛也黝黑，他似乎怀有一点倨傲的姿态。

菲莉丝仍站在我们身后，她说："对于他们在这儿受到的待遇，我们感到非常自豪。瞧这些——"她给我们看一本书里几封信的复印件，是部分战俘返乡后写给曾经雇用他们的农场主的。我发现，每封信都在请求寄食品去德国。"一位农场主寄了成箱成箱的物资给他们。"菲莉丝说，然后她快速翻阅那本狭长的书，给我们看一张照片，拍的是那位农场主把许多大箱子放到传送带上。那位农场主的名字不叫特拉斯克。我没期望会是他。"你们慢慢看。"菲莉丝说，然后她走开，回到借阅服务台的后面。

*

威廉用肘轻推我，指着他正在读的那本小书末尾的一行话。它援引一位战俘所言，说在四月二十日、希特勒生日那天的早上，他们用紫色的布料缝制纳粹党徽，把那些党徽挂在兵营各处。接着我在一封写于战后的书信里读到，曾有一段时间，这些犯人吃不饱饭。我想起凯瑟琳做炸面圈给这些男人。我们在那儿坐了一个多小时，浏览各种资料，而后菲莉丝又过来，她说："我的丈夫退休了，如果你们想去实地看一看，他可以带你们去镇外的兵营——噢，是那些兵营的遗址。出了镇，在机场边上。"

威廉的脸上闪现感激之色。"哦，那真是求之不得。"他说。她用手机发了短信，然后对我们说："他十分钟后到这儿。"于是我们收拾好东西，回到前台。前台上摆了一摞我的书。"可以请你给图书馆的这些书签个名吗？"菲莉丝问。我说：当然可以。我诧异于她竟认出了我是谁（如我先前所言，我是无形的存在），不过我站在那儿，给那些书签了名。

菲莉丝的丈夫名叫拉尔夫，他和他的妻子一样和颜悦色。他的头发以前是金色，现在也褪得发白，他穿着卡其裤——长度合适——和一件红色T恤衫，我们跟他上了他的吉普车。他载着我们往机场开，一路上他主要和威廉讲话——威廉坐在前面，我在后座——阳光耀眼，他载着我们开了约十五分钟，然后指给我们看那座仍矗立着的塔，一座瞭望塔，不是很高。接着他驶入一片土路区，稍作停留，没有让车熄火，他指给我们看那些兵营仅存的遗迹，这里曾经住过一千余名战俘。如今只剩下一个水泥墙角。

当时，一件怪异的事降临在我身上。我没有十足把握，怎么讲能使这事听起来令人置信，但我且讲讲具体发生了什么吧：

我看着那留下的水泥墩子，上面落有绿色的树叶，太阳照着，那些绿叶在阳光下熠然闪烁，然后我感觉我的脑中像是一激灵，拉尔夫正在讲的每句话都是我知道的，我知道他会那样讲。我的意思是，在每个词从他嘴里冒出来之前，我已知晓那个词会是什么。那些话本身并不重要，无非是在介绍这地方是怎么建起来的、他们使用什么隔热材料。只不过在我的脑中是一个女人的声音，已经跟我讲过他正在对我讲的话，一字不差。我实在傻了。我心想：这是记忆幻觉吗？但我知道不是。这过程持续得比幻觉长，真是奇怪的一刻。或者说漫长的一刻。

拉尔夫把我们送回我们停车的地方，下车后，我们互相握手，威廉和我向他道谢，然后我们上了车。我告诉威廉先前出现的异事，他看了我一会儿，脸上露出探究的表情。"我不懂。"他说。

"我也不懂。"

"是像未卜先知吗？"他问。以前我有过几次未卜先知的经历（我的母亲亦未卜先知过），连身为科学家的威廉，也知道我有这本领，并相信我告诉他的话。

"不，"我说，"这次完全是真实的。"接着我又说："有点像是我一时滑入了不同的时空之间，只不过那一刻并非短短一瞬。"

他似乎想吃透这话的意思，接着他摇摇头。"好吧，露西。"他说，然后发动车子。

*

我母亲未卜先知的事：

有个女的，是她的客人——我的母亲承接缝纫和改衣的活儿——要住院接受胆囊手术，在她入院前的那晚,我的母亲梦见那女人得了癌症。第二天一早,母亲在我们家的老洗衣机旁垂泪,我问:出了什么事?她对我说,这个女人会"全身长满恶性肿瘤"。结果确实如此。十个星期后,这女的死了。

我们镇上一个男的自杀身亡,我的母亲提前几周预言他会这么做。"我看到了。"她有一天说。后来果真如此,他在田里开枪自尽。他是公理会的执事,待人友善,我记得感恩节我们去教堂吃他们提供的免费餐时,他会朝我微笑。

我很小的时候,有个男孩失踪了,我的母亲说,他掉进了一口井里。她说,有神显灵,我看到了。我的父亲叫她通知警察,她说:"你疯了吗?他们会认为我疯了!我们的麻烦还不够吗?难道要这镇上的人认为我是疯子吗?"但后来那个男孩确实在井下被找到,她也用不着告诉任何人了。这件事只有我们知晓。他到现在还活着。

克丽茜出生时,我收到母亲的一封信——我没告诉她我怀孕的事——她写道:你刚生了一个女儿,我的头脑中有一幅你抱着一块婴儿毯的画面,我知道是个女孩。

对于这些我母亲说的她未卜先知的事,我深信不疑。

我自己头脑中预见的事,常常并未成真,我遂置之不理。(不过我曾梦见威廉有外遇,如果那些梦也算是未卜先知的话,但我觉得其实不算是。)然而有这么一件事:

多年前,我在曼哈顿的一所大学教书,我有个好朋友也在那儿任教,一次,我去她位于长岛的乡间别墅看她,我遗落了我的手表;那块表是在廉价商店买的,几乎一文不值,我没把这件事放在心上,也没去向她询问此事。可一天早晨——过了许多个月后——我在上地铁之际,脑中浮现出那块表放在我大学的信箱里的画面——那些信箱是仅用木板隔出的敞开的狭槽。到了学校后,和我想象的一模一样,那表就在我的信箱里。那是我预见的事中最奇特的。我的意思是,因为这件东西对我来说无足轻重。但事情就是这样。

*

我们打算在霍尔顿吃午饭,但我们找到的唯一一家餐馆两点半打烊,我们抵达时是两点三十五分。"抱歉。"那女人在门口说,接着她关上门,从里面把门闩上。"这附近有别的餐馆吗?"威廉试图隔着玻璃打听,可那女人径直走开了。

"见鬼,"威廉说,"好吧,我们等到了费尔菲尔德堡再吃东西。"

照威廉的计划,我们将开车去费尔菲尔德堡瞧一瞧,洛伊丝曾在那儿荣膺土豆花节的选美冠军,坐花车穿行于大街小巷——我不明白威廉为什么看重这件事——然后我们将在普雷斯克艾尔过夜,那座城市离霍尔顿四十英里,但距费尔菲尔德堡仅十一英里。"因为那儿是洛伊丝丈夫的故乡,所以我感兴趣。"对于普雷斯克艾尔,威廉这么说。我们将于第二天晚上搭飞机回纽约,我们会在开车经霍尔顿返程的途中考虑下一步怎么办。我是说,我们将决定,对于威廉有个同母异父的姐姐洛伊丝·布巴、这个现在住在和气街十四号的女人,我们该怎么办。

*

在前往费尔菲尔德堡的路上，天空突然变得开阔起来，这令我心头微微一颤，因为我从小生长在宽广的天幕下。眼前的天空绚丽多姿，既有阳光，又有很低的云，像一床被子，阳光从上方穿过云层投射下来，照亮碧绿的牧场，我们经过一片巨大的向日葵花田。我们还经过好几块苜蓿田，苜蓿作为一种不为人熟悉的植物，我从年少时就认识，春天它会被犁入土中当肥料。令我觉得耐人寻味的是，我因一幕几近熟悉的景色而略感欣慰，今早以来那孤绝的氛围引起的惶恐转变成眼下的心情。我想说的是，我感到一种欣慰。由此我再度回想起小时候与父亲并排坐在他的卡车里行驶的往事。

我们沿着那条公路行驶——又一次几乎看不到其他任何车——途中威廉说："我为我在我们婚姻中干的各种混账事感到抱歉，露西。"他始终直视前方的路，他在开车时整个人显得很放松，他的双手握在方向盘的底部。

我说:"没关系,威廉,我为我莫名其妙的表现感到抱歉。"

他微微颔首,继续开车。

在我们分开后的数年里,我们有过这样的对话——措辞几乎一模一样,虽不频繁,但时不时会冒出来:互相致歉。这么做也许听来奇怪,但威廉和我不觉得奇怪。这从某些方面说明了我们是什么样的人。

我们现在会讲这话似乎是理所当然。

"我来发短信告诉两个女儿。"我说。我发了,她们俩立刻回复我。"等不及想听一切!"贝卡写道。

我们开车经过两座装了卫星电视天线的小房子。在一户农场主的庭院里停着四辆长长的长卡车,用来拉货的长卡车,这些车多年没移动过,车身上下长满了草。

威廉说:"我的父亲参加了希特勒青年团。"

"再给我讲一遍吧。"我说,因为很多年前,他已经跟我讲过那事了。

威廉说:"那次是我唯一记得我的父亲提起那场

战争,电视上在播放一个节目,是什么来着,那节目和德国战俘营有关,应该是滑稽好笑的。"

我没接这话,因为从小到大我家都没有电视,也因为我以前听过这个故事。

威廉继续讲道:"我父亲说:'全是胡扯,威廉,你别看那节目了。'接着他朝我转过头说:'发生在德国的事很不光彩。我不以我是德国人为耻,但我为这个国家的所作所为感到羞耻。'"威廉若有所思地补充说:"想必他认为我到了年纪,可以听他讲那些事,我大概十二岁。接着他告诉我,他参加过希特勒青年团,他别无选择,对此他没有深思熟虑,他去了诺曼底,但他想让我知道,他参加过希特勒青年团。他告诉我,他以为自己会死在法国的那条沟里,但结果那四个美国兵没有杀他,他一直希望能找到他们,向他们道谢。我的意思是,他想让我知道,他不支持——至少在他跟我讲这事之际——德国的行径。我只说了一句:'我明白了,爸爸。'"

威廉一边开车、一边摇头。"嘻,我真该和他多聊些这方面的事。"

"我知道,"我说,"我也替你觉得可惜。"

"至于凯瑟琳·科尔——除了你听过的那些以外,她并未跟我讲过别的有关我父亲如何看待那场战争的事。"

那个我也知道,但我没说话。

*

威廉为我们的婚姻道歉,使我想起下面的事:

到现在已经过去很多年,当威廉第一次告诉我他有过的那些外遇时,尽管他说这些女人他一个也不爱,但有一个是他特别在乎的,这个女人是他工作上的同事——不是乔安妮——我觉得他似乎可能会为了她而离开我。我们去英国,我们四人——我是说威廉、我和两个女儿——因为他以为我一直想去那儿,所以我们去了,但在我们出发前不久,我发现了这个女人的事,还有其他女人的。但如我所言,这个女人尤其特别。有一晚在伦敦,两个女儿睡着了,我走进浴室,开始大哭,威廉进来,我说:"求求你,求求你,不要走!"他说:"为什么?"我说——我如此清晰地记得我坐在地板上,抓着浴帘不放,然后又抱住他的裤腿——"因为你是威廉！你是威廉！"

后来，当我决定离开威廉时，他落泪，可他绝没讲那样的话。他说："我害怕孤独，露西。"我竖起耳朵，但我绝没听到他说："求求你，不要走，因为你是露西！"

我离开后，过了一段时间，我打电话对他说："我们真的要以这种方式收场吗？"他说："除非你能给这段婚姻注入一些别样的东西。"

我没有什么别样的东西。我是说，我想不出能给这段婚姻注入什么别样的东西，我的意思是这个。

*

关于权威：

我在教写作时——我教了很多年写作——谈到权威。我告诉我的学生，最要紧的是：在下笔时带着权威。

当我在图书馆见到威尔海姆·格哈特的那张相片时，我心想：哦，他的身上散发着权威。我立即明白凯瑟琳为何会爱上他。不只因为他的样貌，还有他看上去给人的感觉,仿佛他可以听人指示做事,但绝没有人能征服他的心。我可以想象他弹奏钢琴然后走出屋门的情景。接着——慢慢地——我意识到这一点:这种权威正是我爱上威廉的原因。我们渴望权威。真的。不管说什么,我们都渴望那种权威感。感到可以相信:有这个人在,我们是安全的。

即便在我们经历难关时——我开始把那些事称作我们的难关——威廉也不失这种权威;即便当我把我们看成是在森林里迷了路的汉赛尔和格莱特时,有他在,我也感到安全。一个人身上的什么特质让我们有这种安全感?很难说。但在我认识威廉时,甚至在我嫁给他以后,哪怕在我们遇到那些难关后,我依旧有这种安全感。我记得刚和他结婚时,我们立刻出了问题(我在前面已经讲过),我对一个朋友说:"我好像是一条游来游去的鱼,后来我撞上了这块礁石。"

*

我们经过一块牌子,写着:欢迎来到友好的费尔菲尔德堡。

威廉探身，眯起眼透过挡风玻璃看外面。"见鬼。"他说。

我说："是啊。我的天哪。"

镇上无一处开门营业的场所。街上一辆车也没有，有个写着"村公会堂"的地方——那是一整栋楼，外面挂了一块牌子：招租。有一座带立柱、标有"第一国民银行"的大房子，门上钉了板条。商店一家接一家封上木板。唯独主街尽头的一间小邮局似乎开着。在主街后面有一条河流过。

"露西，出了什么事？"

"我不知道。"但这儿真是个令人毛骨悚然的地方。没有咖啡店，没有一家服装店或药房，这个镇上就没有一处开门营业的场所，我们再度沿主街往回开，途中没见到一辆车，然后我们出了镇。

"这个州不行了。"威廉说，但我看得出他受了惊吓。我们都受了惊吓。

"我好饿。"我说。放眼望去，连个加油站都没有。

"我们往普雷斯克艾尔开吧。"威廉说。我问有多远，他说大概十一英里——可我们还没到收费的高速公路，我说我觉得我等不了那么久再吃东西。"好吧，你留心看着，如果见到有吃饭的地方我们就停下。"他说。

我们向前行驶了一会儿，然后我说："你为什么那么想看看费尔菲尔德堡？"

威廉一时没有说话，只顾着看挡风玻璃外面，并咬着他的胡子。而后他说："我想的是，当我见到洛伊丝·布巴时，我可以告诉她，我们去了费尔菲尔德堡，走访了她荣膺土豆花节选美冠军的地方，那样她会认为我对她确实有诚意，会使她觉得好受些。"

哦，威廉，我心想。

哦，威廉。

*

然后威廉说："且慢。理查德·巴克斯特是缅因州人。"

我刚认识威廉时，他对我讲起理查德·巴克斯特的研究工作。理查德·巴克斯特是一位寄生生物学家——他专门研究热带疾病，和威廉一样。巴克斯特找到一种诊断恰加斯病的方法。此前人们虽然已经知道怎么诊断这种疾病，但到诊断结果出来时，病人通常已丧命，理查德·巴克斯特想出一个办法，可以加快诊断过程。他发现——如果我理解得没错——检查凝固的血液可以找出那种寄生虫。我在芝加哥郊外那所大学刚认识威廉时，他正在研究恰加斯病，巴克斯特大约早十年发现了能更快诊断这种疾病的办法。

威廉把车开到路边停下，拿出他的平板电脑，查询了几分钟，然后他说："得。"接着他右转，我们驶上另一条路。威廉说："那位老兄，他是个无名英雄。他挽救了很多条人命，露西。"

"我知道。你和我讲过。"我说。

"他在新罕布什尔大学从事研究工作，但他是缅因州人。关于他，我就记得那一点。"

我环视周围的田地，一座小山丘上有一辆马拉的车，驾车的男人戴着一顶大帽子。"看那里。"我说。

"是阿米什人[1]，"威廉说，"他们从宾夕法尼亚州搬来这儿务农。我正在读有关他们的书。"

接着我们路过一间农舍，前廊上有两个小孩。一个小男孩也戴着一顶大帽子，还有一个小女孩，穿着一条长连衣裙，头上有一顶小小的、类似系带女帽的东西。他们使劲朝我们挥手。他们挥得如此用力！

"啊，他们这种做法让我感到恶心。"我一边说，一边也朝他们挥手。

威廉说："怎么了？他们不过是做自己想做的事。"

"哎呀，他们想做的事荒唐、不切实际。那些孩子也被迫卷入其中。"讲这话时，我意识到眼前的情景令我想起自己的青少年时代，我本人的家庭出身。大卫的成长背景虽与我不同，但都是类似与世隔绝的环境。

最近——之前在纽约时——我在看一部纪录片，讲离开哈西德派犹太教团体的人，我看这部片子是由于我过世的丈夫，可我看到一半，看不下去了。原因是，这片子在令我想起自己——不是指这些人所离

---

[1] 阿米什人是一个民族宗教团体，大多生活在美国、加拿大地区，以拒绝汽车及电力等现代设施，过着俭朴的生活而闻名。

开的那个圈子,我对那个圈子完全不熟悉,而是指他们一旦离开后怎么安身处世。他们对流行文化一无所知,大卫离开时就是这样,我的情况也是如此——即使现在亦然,因为这类缺失永远无法弥补。

"我的意思是,我无法忍受这种做法,因为那些孩子没有选择。"我说着,把手往后一甩,指向我们刚经过的那座房子。

威廉没有接话。我看得出他的思绪不在阿米什人的事上。过了几分钟,他说:"一个从小生活在这种地方的人,最后成为研究热带疾病的专家,真不可思议。"我等待下文,可他没再多言。

于是我说:"你的研究工作进行得如何,威廉?"

他转头瞅了我一眼。"毫无进展,"他说,"我完了。"

"不,你没完。"我说。

"我完了。"

我没接这话。我们沉默了半响,一路往普雷斯克艾尔驶去。"天哪,我要吃东西。"我说,我的脑袋开始感觉异常,像灵魂出窍,我饿的时候就会这样。

威廉说:"你认为我们可以去哪里找吃的呢?"

确实，周围什么店也没有。我们经过的只有树，几乎不见一座房子，连续数英里皆是如此。

我扫视我那侧车窗外绵延不绝的路面，其边缘长出干枯的草，我问："你嫉妒理查德·巴克斯特吗？"我不知道我为何这么问。

威廉当即看着我，车子稍稍偏离了一点方向。"见鬼，露西，这是什么话。不，我不嫉妒那家伙，才不呢。"但过了几分钟后他说："可你没听说过有格哈特血吸虫病诊断法吧。"

于是我说："威廉，你帮了不计其数的人，你在血吸虫病方面做出了这么多研究成果——你还教书——"

他举起一只手，示意我打住。于是我住口。我没再说下去。

在我们行驶途中，威廉突然发出声响，近似大笑。我朝他转过脸。"怎么了？"我说。

他继续直视前方的路。"你知不知道，有一次你和我举办一个晚宴——哦，不该叫晚宴，你从未真正学会怎么筹备一个名副其实的晚宴——我们请了一些朋友来，等他们回家后，过了许久，真的很久，我本已经上床，可我下楼后发现你在餐厅——"威廉转头扫视我，"我看见——"他再度发出一个唐突的近似哈哈大笑的声音，接着他直视前方。"我看见你弯下腰，在亲吻桌上的郁金香。你在亲吻郁金香，露西。每一朵郁金香。天哪，这么做多奇怪。"

我望着我那一侧的车窗外，我的脸开始发烫。

"你是个怪人，露西。"他过了片响说。就那么一句。

*

每天早晨，大卫洗完早餐的碗盘后，他会坐在窗旁我们的白色沙发上，他会拍拍旁边的位置。当我在他身旁坐下时，他总是对我微笑。然后他会说——每天早晨他都重复这话——"露西·巴，露西·巴，我们是怎么相识的？感谢上帝让我们在一起。"

他一万年也不会嘲笑我。永远不会。不管因为什么事。

*

在我们行驶途中，我突然出于本能地回忆起，与威廉共度的那些年，我时而觉得婚姻是一件多么可憎的事：一种熟悉感浓重到充斥整个房间，嗓子因对对方的了解而几乎语塞，那种了解的感觉简直能钻入鼻孔——对方思绪的气味，每字每句里的自我意识，快速闪过的眉毛的微微一挑，难以察觉的下巴一歪。除了对方以外，无人知晓那些动作的意味。但在那样的生活下，人不可能自由，永远不行。

亲密变成一件可怖的事。

*

我们抵达普雷斯克艾尔时天还很亮，八月白昼长，时间尚不到五点。起码这儿是个城镇。但周遭没什么人。一个男的坐在主街的一张长椅上，在往一瓶水里倒糖精，然后他掏出一个翻盖式手机。我已经好些年没见过翻盖式手机了。"我们为什么来这儿？"我问威廉，"再和我讲一遍。"他说："因为这儿是洛伊丝·布巴的丈夫故乡。你没注意听吗?"

我心想,哦,威廉。见鬼,威廉。我在心里这么念道。

一路上他基本没讲话,我知道他心情不好。原因是我问起他的工作。我猜。我还指摘他嫉妒理查德·巴克斯特。但威廉的默不作声令我感到孤单。

该镇的中心使我想起西部小镇,类似从前那种,我猜是因为那行沿主街排列下去的不高的建筑。我们驶入镇中心一家酒店的停车场,威廉在那儿订了房间。这家酒店的大堂同样很小——一如之前机场酒店的大堂——电梯也小,花了很久才到三楼。"一会儿见。"威廉说。他拉着他带轮子的行李箱,沿走廊继续往前。他的房间在走廊另一边,对着我隔壁的房间。

"我快饿死了。"我说。

"所以我们稍后去吃饭。"他头也没回地说。

他订的是一个标准间,五斗橱上有一盏蓝色的灯,特别大,我想我从未见过那么大的灯。那间房由于不是朝向西沉的太阳,所以光线昏暗,因而我打开了那盏灯。可灯不亮。我检查,看有没有插上电源,电源是插着的,但灯就是不亮。从窗户可以望见主街。那男的仍坐在长椅上,但他已收起他的翻盖式手机。我没看到有别的人。我在床上坐下,发呆。

*

凯瑟琳病入膏肓的那个夏天,我住在马萨诸塞州的牛顿市陪她,带着两个女儿,她们分别是八岁和九岁;我给她们在那儿找了一处日间的夏令营——威廉周末时过来。两个女儿非常容易结交朋友,尤其是克丽茜,而且因为她和贝卡,如我所言,一向手足情深——虽然她们有时大吵大闹——所以克丽茜的朋友也成为贝卡的朋友。

我想说的是:我白天没事,陪着凯瑟琳——凯瑟琳·科尔,威廉每次打电话来总这么称呼她:"凯瑟琳·科尔的情况怎么样?"凯瑟琳和我,我自己觉得,我们俩意气相投。说来奇怪,我(在我看来)不害怕死亡,当她掉光头发、瘦得不成人样时,她的朋友不再来看她,大部分时候只有我们两人,凯瑟琳雇了一名管家,帮忙在晚上照顾两个女孩。在我的记忆中,除了我们首度得知她患病的事时,她亲自来纽约告诉我们,当时她浑身颤抖,看到她抖成那样,令人难过极了,除了那次,我感觉她似乎并不过分害怕,很多时候——几乎所有时候——在某种程度上,我们就只聊天。现在回想起来,我不确定我真的相信她会死。她自己可能也不相信。她一周做一次治疗,我们想出一个方案:我知道在治疗结束后一个小时,她会开始有不适的反应,所以在治疗结束后,我们会去一家小餐馆,买马芬蛋糕,我记得凯瑟琳吃着马芬蛋糕,喝着她的咖啡,但我记忆中的她,是个有点几近偷偷摸摸——虽然我不确定这样形容是否准确——把那马芬蛋糕塞进嘴里的形象,接着我会开车载她返回住所,及时让她在犯恶心前躺下;她并不会吐,她只是在接受治疗的第一天感到很不舒服。

周五晚上,当威廉到来时,凯瑟琳通常已睡着,他会站着看看她,然后离开那间卧室,在此期间,他不怎么与我讲话,照我看,他也不怎么与两个女儿讲话。在我的记忆中,当时的情形是这样。

在驶往普雷斯克艾尔的途中,他没和我讲话,使得我想起上面这段往事。

　　说回凯瑟琳和我。我们把日子安排得井然有序，白天两个女孩不在时，我们会聊天。随着她的病情加重，她卧床的时间越来越多，床边有一张大椅子，我坐在那儿。这么做对我来说并非难事，我不想让人觉得我很辛苦，我爱那个女人，晚上有我的女儿跟我们在一起，我感到那地方正适合我。"别吓到她们，"凯瑟琳在临终时对我说，当时她的房间里搬入了一些医疗仪器，"让她们把这些当作玩具。"在一定程度上，两个女孩确实如此，因为（我猜）她们见到祖母时并无害怕之色，我也没有，所以她们对搬入的氧气设备还有弥留之际来家里的护士，视若平常。

　　凯瑟琳的医生每天和我通电话，他在固定的时间打电话来，这一点我很喜欢。他说："情况发展下去会惨不忍睹。"我说："明白。"

　　我不知道会有多惨不忍睹，但那样的状况没有持续很久。我告诉两个女儿，奶奶目前病得太重，她们不能去看她，她们似乎自然地接受了这个事实。到那时，她们有了她们的父亲——我指的是，在那最后两周，威廉搬来了，全天候和我们在一起——我相信，有他在，对安抚她们的情绪起了帮助。但临了，情况变得骇人。

有一天，威廉带两个女儿——那天是周末——去波士顿的一间博物馆，我眼看凯瑟琳变得越来越辗转难安，那情景令人揪心。她不再是一个会听我讲话的人，她是一个饱受病痛的女人，虽然他们给她注射了吗啡——没到最后时刻，她一直拒用吗啡——但那天她依然疼痛难忍，无法安歇。我进屋去看她，她正在拉拽床单和毯子，她用粗哑的声音讲话，说的什么，我（遗憾地）不记得了，只不过那些话前言不搭后语，但我深切体会到她加剧的痛楚。

就这样，我犯了一个错：我望着她，然后我把手按在她的胳膊上，我说："哦，凯瑟琳，时间快到了，我保证。"

那个女人看看我，她的脸因愤怒而扭曲，她啐了一口唾沫——她试图啐一口唾沫——然后说："滚出去！"她抬起一只胳膊，一只从她睡袍开衩处伸出来的裸露的胳膊，她说："滚出去，你——你这不要脸的姑娘！你这个贱货！"

我立刻明白我做了天理不容的事，我向她暗示她要死了。（在那个时候）我从未想过她没认识到这一点，正如我（多少）也没认识到一样，不过当我现在讲起时，那一刻我心里是知道的。可在她对我说了那样的话后，我走到屋外、她房子的一侧，那儿有个从地下室接出来的水龙头，底下铺了鹅卵石，我一屁股坐在那些鹅卵石上，我哭了起来。天哪，我号啕大哭。现在想来，我觉得——也许——在那以前或自那以后，我都没这么哭过。因为那时我还年轻，虽然我经历了许多事，但这是我第一次遇到这种情况，然而——

噢，我只是想说我哭了。

我记得威廉和两个女儿回到家，他看见我在房子的一侧，他带两个女儿进屋，把她们交给管家，然后他又出来，在我的记忆中，他对我态度温柔，真的非常温柔，他没多说话。

等他重新返回屋内后，他去他母亲的房间待了几分钟，出来后，他对我说："谁也不准再进去看她。"接着我见他在书桌前坐下，开始写东西。他在写他母亲的讣闻。我永远记得那一幕。那个女人还没死，但威廉已经在写她的讣闻，基于某种原因——这么多年来——我一直钦佩他那么做。

可能正是我前面说的权威这东西。

我不知道。

*

我敲威廉的门，他来应门时，我从他旁边走过，我说——我们以前偶尔会说这话，因为这话是克丽茜小时候讲过的——"喂，听好了，你开始惹毛我了。"

可他没有笑。"是吗？"他冷淡地说。

"是呀。"我说。我进去，坐在他的床上。"你有什么烦恼？"

威廉看着地板，缓慢地摇头。而后他抬起头，看着我说："我的烦恼。我有什么烦恼？"

"对，"我说，"你有什么烦恼？"

他走过去，在床的另一边坐下，转头看我。"露西，我的烦恼是这样的。我告诉你，我的工作进展不顺，我在埃丝特尔离开后，在你过来时就跟你讲了。

我跟你讲过那事。后来你在车里问起我的工作,我又跟你讲了一遍。可你没在听。你对我的话充耳不闻。继而你又问我是不是嫉妒理查德·巴克斯特。还有——"他举起一只手,"你让我觉得自己一无是处。坦白讲,最近,我时时觉得自己一无是处。"

我们坐着,沉默了良久。威廉从床上起身,走到窗边,又走回来,他的双臂交叉抱于胸前。他说:"你知道吗,你担心贝卡的丈夫自私,只关心他自己的事,而我不得不告诉你,露西——你自己有时也有那毛病。"

听到这话,我感到一种实实在在的痛,犹如一枚细小的钉子扎进我的胸口。

他继续说道:"我当然嫉妒巴克斯特。我没像他一样,在研究领域做出重大成就。"他再度转向窗口。"我们到这里来,要怎么面对洛伊丝·布巴这个人,我怕得要命,然后你饿了——你老是这样,露西,你总是肚子饿,因为你什么东西也不吃——于是,给露西找吃的变得比什么都重要。接着,你提到我的工作,你问起我工作上的事,转而你又马上谈及阿米什人,说他们是邪教。谁管他们是不是邪教啊?"

我在那儿坐了半晌,然后起身,回我的房间。

*

我离开威廉后,在他和乔安妮结婚前夕,还有后来,他与她结婚后,克丽茜变得骨瘦如柴。我的意思是,她生了病。她在我和威廉相识的那所学校上大学。她生了病。她的体重下降,是威廉先打电话对我说:"克丽茜看起来太瘦了。"那个问题,我自己也已注意到一段时间,我甚至曾向威廉提起过,但经威廉一说,我忽然觉得是真的。他加了一句:"乔安妮也这么认为。"

她病了。

我们的孩子病了。

那段时间,克丽茜不怎么与我说话。圣诞节,他们——他们三个,威廉、克丽茜和贝卡(但不包括乔安妮)——来我的公寓看我,贝卡噙着泪水说:"我受不了你。"她站在那儿,手臂紧贴身体两侧,仿佛想让我知道,我不能碰她。后来,在克丽茜走进洗手间后,她轻声说:"瞧瞧她!你在害死我的姐姐。"她把头转开,又转回来,对我说:"你在害死你的女儿。"

威廉和我去见一位专门治疗饮食失调症的女医师,和她讲话令人感到丧气极了。她说,以克丽茜这样的年纪——二十岁——要让她恢复正常很有难度,接着,在我们努力承认和接受这个事实时,她摇着头说:"真叫人难过,因为她活在痛苦中。只有身在痛苦中的人才会这么做。"

我记得当我们离开她的诊所时,我们没有生对方的气。我们俩都震惊不已,我们兜圈子似的在街上走来走去,不知道究竟要去哪里。

我始终有点憎恶那位治疗师。

当我像块石头、一动不动地坐在暗幽幽的酒店房间的椅子上时,我回想起这段往事。我想到克丽茜病成那样的事实,我觉得,在某种程度上,我第一次认识到——我的意思是,我彻底明白了这是怎么回事,我没有在心中把它轻描淡写,我想说明的是——错在我。因为抛家弃子的人是我。

无论我多么打心底里觉得自己无足轻重,其实不然。

接着我想起,在此期间,我独自不远千里地去那所大学,到那儿与系主任谈话,我以为学校有人可以帮得上忙。我是个白痴。因为那位系主任对我非常不客气,她真是凶得很,她对我说,如果克丽茜病得太严重,他们会要求她退学,他们没有什么可以——或愿意——为她做的。在我去那儿短暂逗留的期间,克丽茜几乎不同我讲一句话。对于我联络系主任的事,她出离愤怒。她近乎咬牙切齿、一字一句地说:"我不敢相信你到这儿来,是去见那系主任。我不敢相信你竟那样侵犯我的隐私。"

我想说——我的意思是,如果我要据实以告,我必须讲一讲下面的事:在此期间,我每天会去公寓附近的一间教堂,我跪下,我祈祷——我说我祈祷,意思是我跪着等待,直到我感觉有什么东西现身,然后我在心里念道:哦,求求你,上帝,让她好起来,哦，求求你，求求你，求求你，让我的女儿好起来。

我没做交换，我只是请求。并且每每为提出请求而表示歉意。（我知道还有许多人同样处境悲惨，我感到很过意不去，为了这点私事请求恩惠，但对我而言，最重要的莫过于——拜托，拜托，请让我的女儿好起来。）

在我童年时，我们会去镇上的公理会教堂，我们每年感恩节去吃他们提供的免费膳食。我的父亲讨厌天主教徒。他说双膝下跪是不可容忍的事，只有见识浅短的人才那么做。

经过一段时间，克丽茜总算有所好转。她去看了一位对她有帮助的治疗师，不是威廉和我之前就她的情况见过、咨询过的那位十分惹人厌的治疗师。

很多年后，我与一个曾是圣公会牧师的朋友谈天，他对我说："你为什么认为你为克丽茜所做的祈祷没对她起到帮助？"

我愕然。我从未那么想过。

但当我坐在酒店房间的那张椅子上，回想这些事时，我认为威廉说的话是对的。我的心里只有我自己。随后我记起，那些年里有一次，我和贝卡一同在市区吃午饭——她上大学，放假回家——她想要告诉我一些事（尽管我现在想不起她要告诉我什么），我却打断她，开始讲起我的编辑来，我和那位编辑正有矛盾。贝卡突然大吼："妈！我想要跟你讲一些事，你却一个劲儿地谈论你的编辑！"接着她哭了。

说来奇怪，那一刻让我在那天看清了某些事——当我坐在缅因州这间光线越来越暗的酒店房间里时，我的心里再度明了。一时间，我看清了自己到底是个什么样的人：我是一个做出上面那种事的人。我永远忘不了那一点。

可我刚才又对威廉重蹈覆辙。他想和我聊理查德·巴克斯特、聊他自己的工作，他讲得一点没错：我只顾自己滔滔不绝，却不理会他的话。

我在房间里坐了很久，我的胸口一阵真真切切的痛——我指的是，我从生理上感到痛——它像一波接一波的小浪，在我的胸中翻腾不止。当屋里没有一点光线后，我打开头顶的灯，点了一个奶酪汉堡，请人送到房间。

*

接下来发生的事,和我们婚姻中每次吵架后常出现的情形一样。谁变得最孤单,谁会先让步。就这样,威廉来敲我的门,我让他进屋——他冲了一个澡,头发仍湿着,他穿着牛仔裤和一件深蓝色的T恤衫,这时我才注意到他有轻微的啤酒肚——他看了看我盘子上有点冻住的奶酪汉堡,他说:"哎呀,露西。"

我没讲话。

我没讲话,因为我认为他之前说得对。我难为情到无以复加的程度。

"露西,算了,"他说,"我们下楼去吃饭吧。"

我摇摇头。

于是威廉拿起电话,订了客房送餐服务。"两个奶酪汉堡,302房间。"那是他的房间——接着他又说:"两份凯撒沙拉,再加一杯白葡萄酒,随便哪种,没关系。"他放下电话,然后说:"去我的房间吧,你的房间这么压抑,你说不定会在这里自杀。"

于是我跟随他沿走廊去他的房间,那儿明亮些——他的灯没坏,他有一扇大窗,可以直接望见天空,太阳开始西沉。

"嗨,听好了,"威廉说,他挨着我坐在床上,"起码你不刻薄。"

"你这话什么意思?"我终于开口发问。

"我的意思是,你不是一个刻薄的人。瞧我有多刻薄,谈到那次晚宴——那次是一个晚宴,露西,你确实会张罗那些事——我刚才对你讲的话,句句刻薄。包括说你自私。你并不比我们中的谁更自私。"

我突然大声说:"我是自私,威廉!我选择离开你,克丽茜因此生病——还有——"

一脸憔悴的威廉举起他的手,示意我打住。接着他放下手,条件反射地捋了捋胡子,站起来,他慢吞吞地说:"你选择离开我?"威廉朝我转过身,然后颇为激动地说:"选择,露西?一个人能有多少时候是真正有选择的?告诉我。你是真的选择离开这个家吗?不,据我观察,你——只是出走;你不得不走。我的那些风流韵事,是我选择的吗?噢,我明白,我明白，责任在我——我去看过一位心理治疗师，你千万别以为我没有，就是乔安妮和我一起去见的那女的，我后来仍在她那儿接受咨询，我独自去了一段时间，她和我聊起责任归属的事。可我一直在思考上面这个问题，露西，我左思右想，我想搞清——我真的想搞清——一个人到底什么时候有选择的余地？你告诉我。"

我想了想这个问题。

他继续说："难得一次——顶多如此——我相信有人确实有选择。此外，我们只是顺应某些东西——我们甚至不知道顺应的是什么，但我们就这样顺应下去，露西。所以，不，我不认为你是选择离开的。"

过了片刻，我问："你是说你不相信自由意志吗？"

一时间，威廉做了个双手抱头的动作。"哎哟，少来自由意志这种废话。"他说。他一边讲，一边不停地来回踱步，他把手伸进雪白的头发里。"那样好比——我不知道，讨论自由意志，那样好比把某个巨大的铁一般的牢笼牵扯进来。我在谈的是做出选择。你知道吗，我认识一名在奥巴马政府里工作的家伙，他在那儿协助做决策。他告诉我，只有在极少时候,他们才真的必须做出决策。我总觉得那话十分耐人寻味。因为事实如此。我们只是行动——我们只是行动而已,露西。"

我一言不发。

我在想,我离开威廉前的那一年,几乎每晚,当他睡着后,我会走到屋外,站在我们丁点儿大的后院里,我会思忖:我该怎么办?离开还是留下?当时我觉得自己好像面临一个选择。但现在回忆起来,我发现在那一整年里,我没做出任何让自己回归这段婚姻的举动。我的意思是,我的心一直不在这个家。即便当我认为我还在做决定时,我的心已经不在。

一位朋友曾对我说:"每当我不知道该怎么办时,留意自己眼下的行动。"那一年,我所做的是渐渐离去,只不过人还没有走。

此刻我抬起头,我说:"你没有选择当一个刻薄的人,威廉。"

"在一定程度上不是。"他回应。

我说:"我就知道!"接着我又说:"我在心里面刻薄得很,你不会相信我的那些念头有多刻薄。"

威廉无奈地一举手说:"露西,每个人心里都是刻薄的。老天。"

"是吗?"我问。

这时他似笑非笑了一下,但那笑声和悦可亲。"是的,露西,人们在心里都有刻薄的一面。他们私底下的想法,往往是刻薄的。我以为你知道,你是作家。我的天哪,露西。"

"好吧,"我说,"总之,你的刻薄素来只是一时的,你每次都道歉。"

"我不是每次都道歉。"威廉说。

那样讲也对。

食物送来时,我意识到他——当然——点那杯葡萄酒是为了我,他那么做让我心中一喜。我们坐在桌前的两张椅子上,我们聊啊聊,我们聊得停不下来。我们先聊起来到普雷斯克艾尔,威廉说:"我有何打算?我本来想的是,我们去各个小街坊走一走,看看可爱的房子,了解一下洛伊丝·布巴的丈夫的故乡,可真是的,露西,我在想什么?这儿看不到有什么街坊,我受不了这地方。"

我们谈到布里奇特,埃丝特尔走了后,她来过几次，她显得伤心，并略带几分悔意，她没有叽叽喳喳、讲个不停，威廉说，那气氛尴尬，令他难过，我听了也感到难过。聊起我们的女儿，我们俩认为她们会一切安好，她们现在就一切安好。但做父母的，永远替孩子担心。接着我们又聊起威廉的工作，他说："凡事有生命周期。一个人的工作亦然。"他确实觉得他完了。"但我会继续去实验室，直到我死的那天为止。"他说，我懂他的意思。

威廉站起来说："我们看会儿新闻吧。"他打开电视，我们并排躺在床上看。本地新闻报道一名警察的儿子死于过量吸食毒品。杰克曼镇附近出了一场车祸，一辆卡车侧翻，但司机没死。接着播放国内新闻，全国上下、全球各地，乱象丛生——然而我内心却感到舒坦。后来威廉走进洗手间，等再出来时，他在床上坐下说："露西，也许我们不应该理洛伊丝·布巴这档子事。我老了，她年纪更老。我的意思是，何苦呢。"

我坐起来说："明天再决定吧。我们开车回班戈的路上再去一趟霍尔顿，到时我们可以想清楚该怎么办。但我知道你想说什么。"

他环视房间,然后望着窗户,此时外面天色黑了。"我讨厌这地方,"他说,"想到理查德·巴克斯特在这样一个地方出生长大,真不可思议。"

"哎,你的母亲也在这儿出生长大。"我说。他说:"见鬼。你讲得对。"接着威廉——用手梳弄头发——说:"你知道吗,露西,在我小时候,我的母亲会犯抑郁症。"

"此话怎讲,"我说,"我知道她会谈及心情变得忧郁的事。但她每次说起时,总是一副乐观开朗的态度。"我伸手,用遥控器关了电视。我补充道:"不过我记得有一次,她,她告诉我她患了抑郁症。"

威廉说:"我的父亲死后,我恨她。"

我努力回想我是否知道那事。"唉,"我说,"那时你正处在青春期。"

威廉扯扯他的胡子。"我有点忘了,但我无法忍受她,露西。我们吵架,她哭得歇斯底里。"

"为了什么吵架?"

"不知道。"威廉耸耸肩。"不是常见的那类事。我是说,并非因为我每晚出去喝酒或嗑药之类。我不记得了。但她会来烦我。天哪,我被她烦死了。"

"她的丈夫去世了,所以她心情苦闷。"我说。

"她当然苦闷。我明白她的心情。我想说的只是她缠着我不放。"

我转过身,把腿伸出床沿垂下,以这样的坐姿面朝他,我说:"我记得你告诉过我,你接下芝加哥那份差事的原因正在于此——想要摆脱她。"

威廉重新坐回他的椅子上,瞪着眼发呆,而后他说:"我不知道,我年幼时,她人在哪里。"

"你这话什么意思?"我问。

"在我小时候,她会犯抑郁症。如她所言,照她的说法,她的心情会变得忧郁。可昨晚在班戈那家酒店的房间里,我思索着,我思索她让我比大部分孩子提前一年上托儿所。她为什么那么做?"

"你是不是就在那时候开始咬自己的衣领?"我记起凯瑟琳告诉我,威廉小时候放学回家,他的衣领被咬过。

威廉狠狠瞥了我一眼。"我是在哭的时候咬自己的衣领。"他说。

我等待下文。

"我在那地方每天都会哭。其他孩子都比我大一岁，我觉得他们像巨人似的。"他缓了缓，接着他说："露西，我会哭——那些孩子会在课间休息时围着我，他们会有节奏地喊道：'爱哭鬼，爱哭鬼。'"

"你从没跟我讲过那事。"听到上面这些话我着实吃惊。我望着他，他头上的白发根根竖起。他的样子让我有种十分奇怪的熟悉感——我不知道我为什么用"奇怪"，但我的确那么觉得。"你从没跟我讲过那事。"我又说了一遍。

"我有点忘记了。可其实没有。我从未告诉过谁。但昨晚，这事重新浮现在我的心头，正因如此，我回想起贝卡很小的时候我成天抱着她。"威廉坐着，身体前倾，双肘搁在膝盖上。"事情是这样。那儿的老师，一个女老师——天哪，那女老师人好极了。她会抱起我，来回踱步地哄我。我记得她就那样，不把我放下。"

我正欲开口，可威廉举起手，示意我别说话。"有一天，我的父母不得不来见她。于是他们来到那家小托儿所，我去另一个房间玩。当时已经放学。最终他们到另外那个房间来接我，而后在回家的路上，我的母亲一言不发，但我的父亲十分严肃，他对我说：'威廉，你绝不能继续让那个老师这么常常抱你。她有一屋子的小孩要负责照顾。'他的话大致如此，我只记得，在那次回家的路上，我感到羞愧难当。"说到这儿，威廉看着我。"那个老师再没抱过我。"

我诧异至极。上述这事，他从未对我提过只字片语。

威廉站起来。"可为什么我的母亲竟然在我这么年幼时把我送去那地方？她不上班。我为什么没有跟她一起待在家里？"

"我不知道。"我说。

我们又多聊了些凯瑟琳的事，用她的说法来讲，她怎么心情变得"忧郁"。直到那时，我才完全明白，这件事在威廉的童年生活中占据重要的一环。"好吧，"威廉最后说，"她忧郁，因为她抛弃了她的孩子。"他又说："她抛弃的是她襁褓中的女儿。"

他看着我，一脸痛苦的表情。

哦，威廉，我心想。

哦，威廉！

那晚他拥抱了我一下,然后说:"明早见,芭嘟。"

*

那晚我睡不着,就连吃了多年来在我无法自然入睡时所服用的药片也无效。我一直想着威廉说我自私的评语,对此我不知道该怎么办。回味这评语,我实在不服气。我的反应和人们受到指责时的反应一样。我想起各种我认识的人,他们一个个何其自私。哎,我心想,这个人如此自私,以致他时刻想隐藏他的自私,结果他还一点儿都不大方;那个人也自私,她甚至自己都没意识到……过了一会儿,我对自己说:露西,打住吧。

但我思绪万千。

我记起下面这件事:

有一天我们在佛罗里达州,两个女儿分别是八岁和九岁,凯瑟琳于那年夏天过世。冬天,我们去佛罗里达待了几日——我们首度没有她同行的一次外出之旅——在我们房间旁边的一栋楼里，有个洗衣服的地方，我记得我把一些衣服投入洗衣机，然后往回走，走过一小片草坪，我穿着一条浅蓝色的牛仔连衣裙，我记得当时的感觉像是有只小鸟从我脑中飞过。那只鸟实际是一个念头：也许我会不得不自寻短见。在我的记忆中，我只有过一次这样的念头。这念头像只小鸟般飞入我的脑中，又飞走。我对它的出现毫无准备。自此我一直琢磨这件事，我想，一定是那时威廉已经开始和乔安妮有染，我虽不知情，但感觉到异样。现在想来，我认为是这么回事。

我永远不会自杀。我是一位母亲。虽然我觉得自己无足轻重，但我还是一位母亲。

在我年少时，我的母亲会扬言要自杀。她会说："我打算开车去很远的地方，找一棵树，把自己吊死。"我怕极了她会这么做。她会说："你们放学回来时，我将不在家。"每天，我胆战心惊地回家。每天，她都在家。后来我开始在放学后留下不走，我天天在放学后留下来，起初我这么做是为了取暖——因为我们家很冷，我一直讨厌冷——后来则是因为留在学校能够做我的家庭作业，让我感到一种解脱，我时而也会在想起母亲时想：去吧，拿出行动来！意思是：去自寻短见吧。但我担心，如果她真那么做，已经是异类的我们会在那座小镇上变得更异类。

这么左思右想了几个小时后，我又服下一片药，从而入睡。

*

早晨，威廉看上去憔悴不堪，但他告诉我，他睡得很好。他穿着牛仔裤和同一件深蓝色的T恤衫，我感到他显得苍老。我们下楼，去小餐厅吃早饭，我们是那儿仅有的客人。但里面的女服务员久久没过来招呼我们。她是一位中年妇女，头发染成黑色，她不停地把餐具放到一个托盘里，然后又继续整理咖啡壶旁的东西，威廉看着我，不出声地说：搞什么鬼？我耸耸肩。

当那位女服务员掏出她的小本子和笔，朝我们走过来说"你们要什么"时，我说，我想要一碗脆谷乐麦片圈和一根香蕉，她说："我们没有冷的麦片。"

于是我点了一份炒鸡蛋，威廉点了一份燕麦粥，我们坐在那儿，心情虽有几分沮丧，但还可以忍受，我想，我指的是那地方不友好，让人感到局促不安。过了一会儿，那位女服务员端来我们的食物，然后我说："威利，你有没有对埃丝特尔出过轨？我的意思是，在你和她结婚期间，你有没有过外遇？"我惊讶于自己这么问，惊讶于我连这个也想知道。

他停下咀嚼他刚咬入口的吐司，接着他做了个吞咽的动作后说："外遇？没有，我可能胡搞过几次，但绝没有过外遇。"

"胡搞？"我问。

"跟帕姆·卡尔森。但只是因为我认识她很多年了，我们从前就乱来过，所以不觉得有什么——因为不涉及感情。"

"帕姆·卡尔森？"我说，"你指你生日会上的那个女人？"

他一边嚼着东西，一边扫视我。"是啊，你知道，没有很多次或怎么样。我是说，我早在多年前就认识她，那时她和鲍勃·伯吉斯还没离婚。"

"你在那时就跟她上床了？"

"嘻，几次而已。"

他说这话时想必没意识到，那时他和我还是夫妻。接着我从他脸上看出他醒悟了过来，我觉得我看出了这变化。他说："噢，露西，我能讲什么呢？"

"你在和乔安妮结婚期间，有没有跟她上床？"

"露西，我们别谈这个话题了。不过，是的，我在和乔安妮婚姻期间有跟她上床。但和你在一起时——当时我告诉过你，不止有一个女人。当时我也告诉你，这些女人没有一个是我爱的。"

"算了，"我说，"现在已经无关紧要。"这事对我来说确实不再重要，我心想。但在我讲这话时，我的内心还是略微泛起涟漪。转而我思忖：如果他在和乔安妮以及埃丝特尔结婚期间也这么干，那说明不是我令他做出这种事。所以原因不在我？我不敢相信这一点。我想起前一晚他谈到选择时所说的话。对于他在这方面的行为，他可能别无选择。我怎么知道？

我不知道。

威廉吃完他的燕麦粥，擦擦胡子，"我们走吧。"他说。他拿起咖啡杯，最后喝了一大口，但我们不得不等那位女服务员把账单拿来。我留心看威廉是否会给她丰厚的小费,他给了,他一边掏出现金,一边朝我翻了个白眼。

*

在我们重返霍尔顿的途中,路边有许多快干枯的峨参花。艳阳高照。我们经过倒塌的谷仓,那儿的田里有石块,我们经过几头白色的奶牛。威廉指给我看一片未收割的土豆田:每株土豆的上端是绿色,他告诉我,他们给上端喷洒东西,阻止养料进入绿色的部分,这样养料会流入土豆本身。我钦佩他懂这些,我如是跟他说,他没讲话。马路另一边,与这片土豆田相对的是一片棕色、已经收割过的大麦田。

后来我们真的路过几片收割了的土豆田,田里只有褐色的土壤和土壤下的粪肥。我发现储存土豆的谷仓多半建在小山丘上。在霍尔顿的郊外有一家名叫苏格兰客栈的汽车旅馆,那家旅馆已停业,客房之间长出野草来。

"威廉,你的母亲有失眠的问题。"我说。正当我回忆昨夜的情形时,我骤然想起这事。

"是吗?"他转过头看我,戴着墨镜。我也一样。

"是啊,"我说,"你不记得吗?"

"记不清了。"

"就因为这样,她常常在她那张沙发上打盹儿。她会说:'唉,我昨晚怎么也睡不着。'"

"我想也许你说得对。每次去大开曼岛时,我会听见她在夜里起来,我总是纳闷,她在做什么。"

我望着我那侧的车窗外。我们正经过一片田野,还有一行树,排列在那片田野的一侧。"我刚记起来,仅此而已。哦,稍等。"我朝他转过身说:"她患病后,在我陪她期间,她会拿睡不着的事开玩笑,她说:'是时候该吃点药了',后来我去药房取药——也许是她的医生告诉我的,对,是她的医生告诉我,她一直服用安眠药,已经有好些年了。"

"真是不一般的医患关系,"威廉挖苦地说,"患者没有隐私吗?"

"不,没有。他喜欢我。"我说。这一点是事实。

在继续前行的途中,我们沉默了半晌,然后我说:"哦,我只是觉得这事耐人寻味。她睡不着的事。"

"露西,你也老是睡不着。"威廉说,我接过话茬儿："我知道啊，你这傻瓜，我知道我为什么睡不着——因为我的出身——我想说的只是，你的母亲睡不着，可能是因为她抛弃的东西。"

"明白了。"威廉说，他扫视我，但由于戴着墨镜，我分辨不出他在用什么样的目光看我。

又开了几分钟后，威廉说："露西，我们仍不知道我们要在这儿干什么。"

"继续往前开吧，"我说，"我们途经一下洛伊丝·布巴的家，然后我们可以停到路边，想想怎么办。"

*

我们驶入霍尔顿，耀眼的阳光似乎使这小镇熠熠生辉——我指的是砖砌的县府大楼和图书馆，一切看上去既老派又舒适，仿佛许多年来，这座小镇一直安于现状，那条河也波光粼粼，接着我们到了和气街。

我们沿和气街行驶，有一位上了年纪的老妇出现在我们前一天见过的那栋房子的前院里。她正弯腰对着一排矮灌木丛,她戴了一顶帽子,她没有像老年人那样把头发剪短——我是说那头发秀丽,浅棕色,正好垂到她的肩膀上方。尽管她已不年轻,但当她俯身对着那丛灌木时,她的身上散发出几许青春气息。她穿着一条棕色长裤,露出脚踝,上面是一件蓝衬衫;她清瘦,但没有瘦得皮包骨。我的意思是,她轻盈柔韧。

"威廉,"我几乎嚷着说,"是她。"

他略微减速,她没有抬起头看,接着他继续向前开,到下一个街区的路边停下。他摘下墨镜,看着我。"我的天哪,露西。"

"是她!"我说,并往后朝她房子的方向指了指。

威廉回头扫了一眼,然后再度望着前方。他说:"我们不能肯定那个人是她。没准洛伊丝·布巴正坐着轮椅,在那栋房子里,挨她儿子的打。"

"好吧,这么讲也对。"我说。接着我又说:"威廉,让我去和她聊一聊吧。"

威廉眯起眼看我。"你打算讲什么?"

"我不知道。"但我说:"你在这儿等我,让我先去和她聊一聊。"我拿起有长长肩带的手提包，准备下车。接着我说："你想不想跟我一起去？"

"不，你去吧。"威廉说，"我不知道该如何是好。"

我也不知道。

*

我沿人行道走过去，我看见那栋房子的侧院里挂着一根晒衣绳，用几股短小的绳子绑扣在四根大木桩之间。前院里的吊床看起来是新的，悬于两棵粗壮的树之间。如我先前所言，这栋房子是该街区最漂亮的房子，外墙是新刷的深蓝色，有红色边饰。那女人仍弯腰对着灌木丛，没有起身——那儿种了一片蔷薇丛，上面开出几朵略显单调的黄花。不管她在做什么，她一副专注的样子——继而我看见她的手里有个小喷壶。越走越近时，我放慢脚步，我不知道下一步该怎么办。

后来她抬起头看我，淡淡一笑，接着又继续打理那片灌木丛。"你好。"我一边说，一边在人行道上停下脚步。那片灌木丛离人行道不远。她再度看着我。

她戴了一副小眼镜，我能清楚看见她的眼睛，那双眼睛不大，但似乎能识穿人。

"你好。"她说，她直起身。

"这片蔷薇丛真漂亮。"我对她说。我已经停下脚步。

她说："这丛蔷薇是我外祖母多年前种下的，我在努力维护，不让它凋亡。里面生了些该死的蚜虫。"

我说："是的，蚜虫有时很令人头痛。"

她重新干她手上的活，拿起喷壶轻轻喷了一下。

于是我说："这丛灌木是你外祖母种的？真不错。我指的是历经了这么久。"

这时那女人再度直起身，看着我。"你哪位？"她说。

我把我的墨镜推至头顶。"我叫露西，"我说，"很高兴认识你。"

她站在那儿，我发觉她不打算与我握手，但似乎并非出于敌意，只是她没打算那么做而已。接着她抬起头，仰望天空，然后环视院子，继而转回头看我。"你说你叫什么名字？"她的态度既不和悦，也没有不悦。

"露西。"我说。接着我说:"你叫什么名字?"

她摘下眼镜。我意识到,那副眼镜想必是老花镜,用来让她看清那些蚜虫的,不戴眼镜的她,说来奇怪,看上去似乎既年轻了几岁,又苍老了几分。她的眼睛显得光秃秃的,我的意思是没有很多睫毛。"洛伊丝。"她说。接着她说:"你是哪里人,露西?"

我差点说纽约,但我及时住了口。我说:"我的老家在伊利诺伊州的一个小镇。"

"你为什么到这里来,来缅因州的霍尔顿?"洛伊丝问。她的发际线旁有细细的一行汗水,就在帽子贴着皮肤的下方。

"我们——哦,我的丈夫和我——是这样,我丈夫的父亲是一名在这儿待过的德国战俘,所以我们前来找寻但凡我们能找到的相关资料。"我把我的小手提包换到另一侧肩膀上。

"你的公公是一名在这儿待过的战俘?"洛伊丝直视着我,我点头。"他是不是娶了此地的一个女人?"洛伊丝问,我说:"是的,正是如此。他们住在马萨诸塞州——后来,在我丈夫十四岁时,他过世了。"

洛伊丝·布巴站在那儿,整个人曝晒于太阳下,接着她说:"你想进来坐坐吗?"她转身,往侧门走去,我跟在她后面。然后她止步,朝我转过身说:"你的丈夫这会儿人在哪里?"

我说:"我的前夫,抱歉,我没有讲清楚。我们现在是朋友。他正坐在车里,在前面一个街区。"

她站在那儿审视我。她个子不高,与我差不多。

我说:"他觉得——"

她再度转回去说:"进来吧。"

我们走入一个昏暗的杂物间,那儿的钩子上挂着好多件外套和大衣,我们穿过杂物间,来到厨房,她摘下帽子,把它放在台面上,她说:"你要喝水吗?"我说那太好了,谢谢。

于是她从水槽接了两杯水,我没转头,仅用目光扫视四周,我心想,我一向不喜欢别人的屋子。这间屋子尚可——我的意思是没什么毛病,厨房虽杂乱不堪,但这种乱只是体现出有人长期住在这儿。另外,由于先前在日头下的缘故,所以感觉屋内光线昏暗——我只是想说,我向来不喜欢置身于别人的屋子里。别人的屋子里总隐隐有一股不熟悉的异味,这间屋子也是如此。

洛伊丝递给我一杯水——我注意到她戴了一枚戒指,那种简单的黄金结婚指环——我们挪到客厅里,那样令我感觉稍好一些,虽然客厅也有点乱,但阳光从窗户洒进来,里面还有许多摆满书的书架。客厅的每张桌子上均有照片,许多照片放在大小各异的相框里。我扫视那些照片,发现大部分是婴幼儿和他们父母的合影,诸如此类。客厅里有一张深蓝色、中间看起来下陷的沙发和一张扶手椅,洛伊丝在那张扶手椅上坐下,然后她把脚搁到椅子前面的软垫凳上,我则坐到那张凹陷的沙发上。她的脚上穿着橡胶拖鞋。

"你的前夫。"她对我说,然后抿了一口她的水。

"是的,"我说,"我的第二任丈夫去年过世。"

她眉毛一耸说:"噢,请节哀顺变。"

"谢谢。"我说。

洛伊丝把她的水杯放到她椅子旁的小桌上,她说:"不要指望这事会淡去。我的丈夫过世五年了。"我对她说,请保重。

之后我们沉默不语。她看着我,我感到窘迫,我感到我的双颊发热。最终她说:"有什么我可以帮你的?"

"也许没有,"我说,"我告诉你,我们来这儿调查我丈夫的——我前夫的——唔,就是帮他寻根,我想可以这么讲吧。"

洛伊丝露出一抹浅笑,我分辨不出那笑容友善与否。她说:"他是来这儿找亲人吗?"

我稍稍无奈地叹了口气说:"是。"

"所以你的前夫是想来找我。"

"没错。"我说。

"这会儿他在外面的车子里?"

"是的。"我说。

"因为他害怕。"她说。

那时我燃起为威廉辩护的心,我自己也有一点儿害怕。"他没把握——"

"听着,露西。"洛伊丝·布巴拿起她的水杯,又抿了一口,然后再度非常小心地把水杯放回到桌上。"我知道你们为什么来这儿。我甚至知道你们昨天在我们镇上,你和你的丈夫去了图书馆。这儿是个小地方,但你也是从小地方出来的,所以你肯定了解小地方是什么样。人们说三道四。"

我想说"不",因为我住的地方周围全是荒无人烟的旷野,我几乎没见过我们所属的那座小镇是什么样,镇上的人无一个对我们友好客气,但我没把这话说出口。就这样,我一句话也没说。

随后洛伊丝·布巴对我讲了下面这些话:

"我这辈子过得很好。"她举起她的食指指着我,近似一副长话短说的模样。"我这辈子过得好得很。所以你务必把这句话转告你的前夫。"她停顿了一下,环视那个房间,然后她又重新看着我。我觉得她的神情里略带戒备之色,甚至还有一点——仅是一丁点——厌烦。她的身后是印着花朵图案的墙纸,一道很细的水痕从墙纸上方延伸下来。

她说:"让我们开门见山吧。"洛伊丝抬头望了天花板片刻,接着她发话:"我八岁时,我的父母——一同——让我坐下,告诉我这件事,说我的母亲——哦,他们那天告诉我,我有另外一个生我的母亲。但他们很明确地表示,她不是我的母亲。我的母亲是从我一岁起抚养我长大的女人。那个才是我的母亲,她从小生活在这间屋子里。"洛伊丝微微打了个手势,把那客厅包含在内,"她是一位了不起的女性。我的母亲如此宽宏大度,她把这件事告诉我,我的父亲也是——他紧紧抱着我,我记得那一幕。我们坐在沙发上,在他们与我进行这番谈话期间,他一直用手臂环住我。回过头看,我想他们一定认为我快到年纪了,可以知道这件事,镇上有知道此事的人,所以他们还是先告诉我为好,以免我从别人口中获知。我一头雾水,反应和普通小孩一样。但我觉得这事无关紧要。"

"因为的确无关紧要。我有非常爱我的双亲,我有三个弟弟,他们也都得到同样的爱。我不可能找到比他们更好的母亲父亲,真的不可能。"

我注视着她,觉得她讲的是实话。她的身上有一种似乎发自内心、深层的——近乎本质上的——踏实,在我看来,是一个得到父母关爱的人会有的表现。

洛伊丝又从她的水杯里抿了一口水。
"随着时间流逝,我长大了一点后,开始问一些问题,他们告诉我那个女人的事,她的本名叫凯瑟琳·科尔,据说她跟一个来自德国的俘虏跑了。有一天她离家出走,就那样一走了之,当时是十一月,她搭乘火车,再没回来过。我还不满一岁。我的父亲知道那德国人的事,但他以为到那时已经完结。凯瑟琳嫁给我的父亲时非常年轻,才十八岁,我的父亲比她大十岁,他总是含蓄地表示,她嫁给他是为了逃离她的家。"洛伊丝停顿了一下,接着她说:"我的母亲名叫玛丽莲·史密斯——"她用手指轻敲她旁边的桌子。"她从小住在这间屋子里,大家都知道她和我的父亲情投意合。他们曾经是一对,后来他们发生了一点口角之类的小事,凯瑟琳·科尔趁虚而入——"洛伊丝稍稍伸出双臂,突然做了个向上的动作,杯里的水轻微晃动。"我的父亲娶了她。但凯瑟琳抛下我还有我的父亲时,玛丽莲陪在他身边。凯瑟琳一走,她就每天过来,后来在我两岁时,他们结了婚。我猜他们是不想遭人非议,所以等了一年才结婚。当然还得先办好离婚手续。"

洛伊丝没再讲下去。她把水杯放回到小桌上,然后她将两只手一起置于腿上,她不断看着她的手。我有点不敢相信眼前发生的一切。我听见我的手提包里手机发出叮的一声，我收到一条短信，我用手肘按住手机，仿佛想让它静音，这么做未免愚蠢。我看见我的左边有一张照片——不是老照片，而且比其他照片都大——里面是个小伙子，在参加他的毕业典礼。

洛伊丝重新看着我，她再度露出那抹浅笑，一种我分辨不出友好与否的笑容。一束阳光洒在她的腿上。她说："你的婆婆向人介绍你时说：'这是露西，她从小一无所有。'可你知道她是什么出身吗？"

我听着洛伊丝的话，但我好像必须在我的脑中重新过一遍那个句子。"且慢，"我说，"你——你怎么知道那事的？你怎么知道我的婆婆，她会对人们那么讲？"

洛伊丝直截了当地说："你写的。"

"我写的？"我说。

"在你的书里——你的回忆录。"洛伊丝用手指指向我右侧上方的一个书架。接着她从椅子上起身，走过来，抽出我的回忆录——是一本精装本——当我望着她这么做时，我发现她有我所有的书，排列在那书架上。我诧异。

195

"你知不知道凯瑟琳·科尔是什么样的出身？"洛伊丝又问了一遍。她坐回她的椅子。那本书搁在椅子的扶手上，过了一会儿，她把书放到桌上，那杯水旁边。

我说："不太清楚。"

"好吧，"洛伊丝带着那抹浅笑说，"她不止家境一贫如洗。她出身于下三烂的人家。"这话像一巴掌打在我的脸上。那样的措辞总让我觉得像是被人掴了一巴掌。

洛伊丝伸出一只手向下拂弄她的腿，她说："科尔家长久以来问题丛生。他们实在不是什么好人家。凯瑟琳的母亲显然是个酒鬼，她的父亲从来保不住工作。传言他还动粗——我指的是对孩子和他的妻子。谁知道呢。她的哥哥年纪轻轻死于狱中，我不知道具体的前因后果。但年轻时的凯瑟琳，她是个美人坯子。当然，我没见过照片，这个家里没有她的照片。但我的父母，他们俩都那么跟我说。说她年轻貌美。是她主动追求我的父亲。"

洛伊丝环视那个房间。"你可以看得出，我的母亲——玛丽莲·史密斯——不是出身于下三烂的人家。"

"不是。"我说。

接着洛伊丝说："你们可以开车去一趟，那地方已经废弃多年，但那儿是凯瑟琳的老家，过了迪克西路。"她环顾四周，然后起身，找出一支笔，她重新戴上眼镜，在一张纸上写下地址。"在海恩斯维尔路旁。"她把那张纸递给我，然后回到她的椅子旁，再度坐下，摘下她的眼镜。我向她道谢。她一边重新在椅子上就座，一边说："你们应该也会路过特拉斯克农场，我从小生活的地方。在德鲁兹湖路，过了林纽斯镇的新利默里克铁路线就到。"她再度站起，取回那张她写过的纸，她重新戴上眼镜，又在纸上写了点东西。"都在这上面了。"她说着，把那张纸递还给我，"我的弟弟经营那家农场多年，现在由他的儿子掌管。一切和从前一样。这一带什么都没变。"她又一次坐下。

我庆幸她又坐下了，这表示她还没想打发我走。

我问起她的情况，洛伊丝讲述了荣膺土豆花节选美冠军的事，她说那过程很有趣："哦，很开心，你知道……"但她说，她人生中最美好的事不是当上选美冠军。她人生中最美好的事是嫁给她的丈夫，他来自普雷斯克艾尔，后成为一名牙医。她自己是小学三年级老师，教了二十七年书，她抚养了四个孩子。"他们每一个长大后都身心健全，"她当时对我说，"他们无一例外。没有谁染上毒瘾，这一点在今天可谓难得。"

"真了不起。"我说。

"你有孙儿孙女吗，露西？"

我说："还没有。"

洛伊丝若有所思了一番。"没有？哎呀，那你无法体会他们能给人多少惊喜。没有什么比得上孙儿孙女带来的天伦之乐。世上什么都比不上。"

对此，我有一点儿不以为意。

洛伊丝说："我有一个孙儿患孤独症，要我讲，碰上这种事对人是一种考验。"

"哦，叫人难过——"我确实感到难过。

"是啊。不容易，但他的父母没有被打倒。我的意思是，他们做了所有能做的事。"

"真叫人难过。"我又说了一遍。

"不必难过。他非常可爱。我还有其他七个孙儿孙女，他们都十分出色。相当出色，真的。"她探身，指着那个年轻小伙的毕业照。"这个是最大的。在奥罗诺念大学，去年毕业了。"

"啊，真棒。"我说，接着听见我包里的手机又响了。

"你知道吗？"洛伊丝说，"我的人生基本了无遗憾。我觉得这样实属不寻常，我看我周围的人，他们的人生充满遗憾，或应当有很多遗憾，但我真觉得我这辈子——如我对你所言——非常完满。"就在那时，我看见她的椅子旁边，更靠近墙壁的地方，有一摞女性杂志。照我说的，那个房间看起来东西杂乱，但并未让人感到不舒服，除了她身后墙纸上的水渍以外，一切显得干干净净。

洛伊丝稍作停顿，目光投向房间远处的角落发呆。"不过我有一件事——也许堪称是我最大的遗憾，"这时她重新看着我，"这件事是，当那个女人——凯瑟琳——来找我时，我对她的态度不怎么客气，事后我觉得我不该那样。"

"且慢,"我说,"等一下。"我向前探身,"你是说她来找过你?她来这儿找你吗?"

洛伊丝面露讶异之色。"是的。我以为你们知道那事。"

"不。"接着我把身子靠回沙发上,用更平静的口吻说,"不,我们完全不知道她来找你的事。"

"啊,原来如此。是在一个夏天——"她道出年份,我当即意识到正是我住院九个星期、几乎没收到任何凯瑟琳消息的那年夏天。

"事情是这样,她,"洛伊丝说,她交叉脚踝,让自己舒服地坐在扶手椅里,"她雇了一名私家侦探。那时候还没有网络,所以她雇了一名私家侦探找到我——要找我容易得很——她获知这个地址,她到这栋房子里来,就坐在此刻你坐的地方。"

"我不敢相信有这样的事,"我说,"对不起,但我实在无法相信。"

"哦,是真的,她来的那天是工作日,她知道我的丈夫会去上班,孩子们都在舅舅的农场干活。那时候,孩子们的活动就是如此,他们都在农场干活,学校放暑假,我不用教课,门铃响起——平时没人按那门铃。"洛伊丝指向我身后的正门,我转头看那扇门。"我朝那门走去,她就站在那儿,接着——"

"你有没有猜到是她?"我问。

"你知道……"洛伊丝沉吟地看着我,"我有几分预感。在那一瞬间。但我又想,不,不可能。"洛伊丝微微摇头。"总之,她对我说:'你知道我是谁吗?'我说,我完全不知道你是谁,她说——她对我这么说,那个女人她说,'我是你的母亲,凯瑟琳·科尔'。"

洛伊丝举起她的手,稍微往后一缩。"我想说'你不是我的母亲',可我没说出口。最后我只是颇为冷淡地对她说:'你何不进来呢,凯瑟琳·科尔?'"洛伊丝看着我,点点头。"我对她态度冷淡,我对她真的非常冷淡。那时我的父母都已过世,他们刚过世不久,前后相隔六个月——通过那位私家侦探,她当然知晓这些事——我觉得她不该过了这么多年才来找我,而且以这种方式,大摇大摆地进来、坐下,仿佛她和我互相认识,后来她掉了点眼泪——"

"她哭了?"我说,洛伊丝颔首,并微微鼓着双颊叹了口气。

"但她大部分时候是在讲话。而且你知道吗？她很有都市派头。我指的是她来时穿的那条裙子——我事后才算出她六十二岁，因为我那时四十一岁。那年夏天，她前来时，穿着一条近乎无袖的连衣裙，只有小小的盖片遮住肩头。"洛伊丝用手触摸她的肩膀。"那裙子深蓝色，有白色的——嗐，那个叫什么来着，你知道那个词，那个词是什么？环绕在边上的一圈东西——"

"绲边。"我说。我知道洛伊丝讲的那条连衣裙，它是凯瑟琳日常最喜欢穿的裙子，袖口和两侧的接缝处有白色的绲边。

"绲边，"洛伊丝点头，"她也没穿长筒袜，那条裙子刚到她的膝盖，反正就是，哎，我不知道——反正你在这儿不会看到有人穿成那样。但你知道，她来这儿最让我恼怒的地方是什么？是她只顾讲她自己的事。嗬，她问了一些关于我的问题——当然，她已经从私家侦探那儿查明了大部分实情，她滔滔不绝、讲个没完——"说到这儿，洛伊丝微微摇头。"她谈的全是她自己，谈这件事对她的打击有多大。"

洛伊丝探身向前，然后又靠回椅子上。"所以我晓得她睡不着的事，晓得她会犯抑郁症——她的说法是'心情变得忧郁'，我想——我知晓她的丈夫死了，还有她儿子的事。这两部分内容我在你的书里读到过。你知道吗？她竟有脸皮跟我讲她的儿子、那个男人的事。她对他赞不绝口，听着，露西——我告诉你——你会认为他是有史以来最卓越的科学家，但这根本不是我想要听的事！"

噢，天哪，我心想。我说："不，你当然不想。"接着我说："唉，在那时候，这是她仅有的一切。她的儿子。"

"没错，"洛伊丝应道，"你讲得对。你讲得对。"在重复这句话时，她的口气变得更加平静。她瞅了一眼她的脚，然后她抬起头说："自此我一直回想她来找我的事，我觉得我本可以向她多表示一点同情。"洛伊丝的脸抽动起来——我不得不把目光转开。接着她说："但我要告诉你——听到她儿子的事，我甚感厌烦，听不下去。真的是这样。"

过了几分钟，洛伊丝再度开口。她说："她告诉她的丈夫，她有过一个宝宝——就是我，并抛弃我的事。她告诉了那个德国人。格哈特。她说，这件事使他们的婚姻触礁。"

"所以她告诉他了？"我问，"她有没有说她什么时候告诉他的？"

"我不清楚，"洛伊丝说，"我实在记不起来，但是在较早的时候，不过并非刚结婚后。她只说这件事造成了麻烦，我不知道她具体指的是什么。"

接着洛伊丝一边看我，一边把手虚贴在脸的侧面，她补充道："我很意外，她完全没告诉你们这事。"

"洛伊丝，"我说，"我的丈夫直到几个星期前才知道你的存在，先前他毫不知情。"

听到这话，她明显吃了一惊。她把手从脸上挪开。"是真的吗？"她说。

"真的，"我说，"他的妻子在离开他的前不久，买了一项那种付费订阅的东西送给他，可以在线找出一个人的家族谱系，因此他查到你的信息。他的母亲只字未提过你——他的父亲也没有。威廉完全不知情。"

洛伊丝似乎在接受和相信这番话。然后她说："哎呀。"她摇摇头，"仅在几个星期前？"

"是的。"我说。

接着她说:"照你所言,就在他的妻子离开他之前?"

"是的。"我说。

"你也离他而去。你的书里这么写的。"她扫了一眼她旁边桌上的书。

"是的。"我说。

"所以他有两任妻子离他而去?"

我点头。但愿我没提过他另外一个妻子离他而去的事。

少顷,她疑惑地看了我一眼,并说:"是不是——你知道——他有什么问题?"

我说:"我想问题只出在他娶的女人不合适。"

但洛伊丝没讲话。

我替威廉感到难过,他一个人坐在车里,我却在和洛伊丝谈天。我说:"你想见见他吗?"

她用哀伤、近乎不愿开口的表情看着我,我明白她不想见他。她说:"抱歉。我觉得我承受不起。我不再年轻,能和你聊一聊已经很满足,但我不想看到他。不。我一点儿也不想见他。"

"好的。"我说。我挪了挪身子,故作要走的模

205

样，她站起来，于是我知道我们的谈话结束了。

她陪我走到正门口，拉开门。那门需要花点力气才能打开，似乎并不常用。我想到许多年前，凯瑟琳就这样走进这扇门，坐在我之前坐的地方。

我朝洛伊丝转过身，她举起手，只是非常轻微地碰了碰我的胳膊。她说："我在读你的书——你的回忆录——时，惊讶万分地发现，里面写到的那位土豆农场主，正是我的父亲！我一直想着，她会在书里提到我，她会提到那个女人抛弃她襁褓中的女儿的事。可你一句也没提。"

"因为我只知道她离弃了她的第一任丈夫，仅此而已。"我说。

"嗯，我现在了解了。可当时我不知道实情。你猜怎么着？说来很傻，但这事伤了我的心。因此我对凯瑟琳又再燃起怒火——也对你生出怒意——因为你没在那本书里提到我。"

"哎呀，洛伊丝。"我有一种奇怪的不真实感，我觉得我的脑袋有点发蒙，仿佛我需要补充食物似的。只是实际不止如此。

"算啦。"她小声笑了笑。"如果你以此写一本书，我希望你能把我写进去。"

"噢,我的天哪,当然。"我说。

她再度轻声一笑说:"只要把我写得漂亮就行。"

我回头看她,阳光正照着她的脸,我发现当时她的脸上显出倦容,我意识到,我们的谈话对她而言并不轻松。她的身心受了很大的煎熬,我感到过意不去。

*

我沿着街道匆匆而行,步子迈得歪七扭八。威廉就坐在车里。他的头后仰,靠着车座顶端,起初我以为他在睡觉,车窗整扇摇了下来。但我一站到他旁边,他便坐起身。"她想不想见我?"他说。

我走到我那一侧的车旁,上了车,然后说:"我们走吧。"威廉发动车子,我们开车上路。我唯一没讲的是我告诉了洛伊丝他的另一个妻子离他而去的事,以及她听了后的反应。

除此以外,我把我和洛伊丝的谈话一股脑儿全告诉了他。

　　威廉听着，几度打断我的话，要求澄清说明或让我重复某些内容，我照办。我们一边行驶，一边像这样翻来覆去地讨论，威廉咬着他的胡子，眯起眼透过挡风玻璃望着前方，他没再戴墨镜，他一边听，一边显得十分专注。中间他一度声称："我不确定洛伊丝·布巴讲的是实话。"我说："哪一部分？"他说："关于我母亲上门的事。我的母亲为什么会在活到那个岁数时上门去找她？"

　　我正欲表示我认得洛伊丝讲的凯瑟琳当时所穿的那条裙子，但我什么话也没讲，威廉继续说道："凯瑟琳的哥哥根本不是死于狱中。我在网上找到他的死亡证明，上面没有说他在坐牢。"

　　我一边四处张望，一边说："我们去哪里？"

　　"我不知道，"威廉说，"我们去找一下特拉斯克农场吧，还有凯瑟琳的家。你说你有地址。"

　　"我有凯瑟琳儿时的住址，"我说，"特拉斯克农场位于林纽斯镇的德鲁兹湖路，没有门牌号，但就在刚过了新利默里克铁路线的地方。"

威廉把车驶到路边，停下说："我们研究一下路线。"在他拿出平板电脑之际，我查看我的手机，发现有两条贝卡的短信。第一条说：你和爸爸是要复合吗？第二条说：妈妈，告诉我那儿有些什么情况？我回了第一条：不，宝贝，我们没复合，但我们在一起相处得很好。接着我回了第二条说：一言难尽啊！我惊讶于她竟问起她的父亲和我复合的事。我把手机放回包里。

"行了。"威廉说。他在他的平板电脑上查到缅因州的林纽斯镇，他也查到德鲁兹湖路，然后他再度发动车子，我们开车上路，没过多久便到了：那栋他的母亲和克莱德·特拉斯克共同居住生活的房子，也是她结识威廉父亲的地方。它是一栋名副其实的房子。我的第一印象是这个。但我明白，在这片地区——在许多地区——这样的房子简直堪称豪宅。沿房子侧面有一条长长的门廊，整栋房子分三层，外墙粉刷成皎白色，映衬着黑色的百叶窗，旁边有间谷仓，和这儿的大部分谷仓一样，坐落在一个小土坡上。我们把车驶到路边，看着那房子。

威廉说："这么做对我毫无意义，露西。"他扫了我一眼。"我想说的是，我不在乎。"我告诉他，我理解他的心情。

不过我们继续左看右看，找到我们认为应该是摆放钢琴的那个房间的窗户，凯瑟琳正是在那里面听到威尔海姆演奏，可我现在觉得，我们俩都不屑一顾——说厌恶或许言重了，但我们俩，在我看来，都莫名对那事不以为然。

而后我们沿那条路往前开，那条路上什么东西也没有，唯独几棵树此时正沐浴在阳光下，接着我们见到一家小邮局，它看起来很老。"嘿，露西，瞧。"威廉说，我明白为什么这地方触动他。显然，它正是从前他母亲每天去查询有无威尔海姆来信的那家邮局。

我们驱车徐徐离开，我们行驶得十分缓慢，我们终于要过铁轨了，威廉说："天哪，露西，等一下。"就在我们正前方有个小车站，库房沿铁轨排列着。如洛伊丝所言，一切都没变。我们驶入那车站——看不见一辆车，站内没有其他人——我们坐在那儿，望着外面的马路，那个白雪皑皑的十一月的傍晚，凯瑟琳大概就是沿这条路连走带跑，奔向火车站。那车站很小，用护墙板搭建。与其说是车站，不如说是一个停靠点。

啊,我的眼前可以浮现出年轻的凯瑟琳,在十一月,顶着风,沿那条黑黝黝的路连走带跑,没穿靴子,只穿了她普通的鞋,踩着地上的雪,来到火车站,她也没穿正经的外套,这样她不会被人发现,我看见她像这样连走带跑,一身黑衣、一条围巾从头顶往下包住头和脸,她在那车站等待,如此惶恐,惶恐极了——说不定她因常年遭她父亲的虐打而一直活在惶恐中——我觉得我可以想象出她内心的独白:

如果到了波士顿,威尔海姆不在那里,我会自尽。

*

"该死的洛伊丝·布巴。"威廉说。

我飞快地转头看他。我们正继续向前,驶回主干道。

"我希望从没有她这个人。"他说。他用手捋了一把胡子,透过挡风玻璃盯着路。"她要你把她写进一本书里?她要你把她描绘得漂亮?我的老天啊,露西。她说她这一辈子唯一的遗憾是没有对我的母亲更客气点儿？然后我来了，她却连见也不肯见我？她真是混账透顶。"

我想起那个再没抱起过他的托儿所的老师。

*

上完大学一年级后，我在招生处打工，带未来可能的新生参观校园。啊，对此我满心欢喜！我好高兴能有一份工作，暑假不必回家，我爱那所大学，我乐于让人们看到我多么爱它。不过我提到此事是出于一个原因：招生处有个负责管录取的男人，他不是主任，但在那时的我看来，他手握大权，他可能比我年长十岁，他喜欢我，我只记得我们一起去了一些地方，但我不记得具体是哪里。当然，他有车，可对我而言，有车这件事把他完全划入与我不同的成年人的行列，我记得我第一次坐进那车，看到门把手上有杯架，我心想：杯架？我觉得只有成年人才用那东西，不大适合我。但我对他有好感，我说不定爱他。我爱上每个我遇见的人。一天晚上，他送我到我和其他几个学生朋友（朋友！）合住的公寓楼下，我下车，他凑近我，我向后靠着车子，他吻了我，我记得他在我的耳畔低语："嘿，小野猫。"我心想……我不知道我当时心里想的是什么。但那晚吻过我以后，他就跟我吹了。几个月后，他和办公室的秘书结婚了。她是个美女，我一直喜欢她。

我把这件事讲出来是为了说明，我们在不自知的情况下，多少知道自己是什么样的人。

招生处的那家伙知道我不是一个会与他在一起的人，我不会像有的人在被叫作"小野猫"后也给他取一个外号或什么，我也并不能真正接受杯架那样的东西。我没有因他不再和我联络而伤心，他当初竟会看上我，始终让人觉得有一点奇怪。但再重申一遍我的重点！我的重点是：威廉相中我身上的什么，我相中他身上的什么，使得我们结为夫妻？

*

海恩斯维尔路有一种阴森的静谧。我们在这条路上行驶了数英里，没见到一辆别的车。放眼望去，那条路显得凄凉破败：路的两边很多树被砍倒，沼泽地里有枯死的树。有一处地方，那儿的树上正结出几个苹果，威廉说，由此看来，这儿从前肯定有过农场，我们继续行驶。一切看起来有点被太阳灼伤了。

一块绘有大大的圣诞老人头像的牌子上写着："前方三百英尺处，可购圣诞树。"但向前行驶了三百英尺，我们什么也没看见，全是和先前一样的景色。

在海恩斯维尔路这一带的林子间，我止不住地感到害怕。这儿有许多里面陷着枯死的树的泥沼，那些形态迥异、枯死的小树近乎闪现一种桃红色的光泽，一丛看上去以为是灌木的野草，似乎像极了苜蓿，但绝对不是我以前见过的那种苜蓿。我们途经一座浸礼会教堂——教堂附近什么都没有——威廉说："那儿可能就是凯瑟琳和克莱德·特拉斯克成婚的地方，谁知道呢。"他的语气显得他并不在乎似的，我觉察到，在他心中，他真正的母亲是那个自他出生以来、一直居住在马萨诸塞州牛顿市的人，对于曾在这儿生活过的那名女子，不管她是谁，他毫无兴趣。以上是我个人得出的结论。

后来——突然间——路边出现一张沙发。一张有印花图案的布艺小沙发,摆在路的旁边。它就那样摆在那儿,还有一盏灯,放在与沙发坐垫相对的位置。但在那沙发所摆的地方,有另一条更窄的路从海恩斯维尔路岔出去,当我们减速、想瞧瞧这张沙发时,我看到那条路的路牌,上面写着"迪克西路"。"威廉。"我说,他一转方向盘,把车驶上这条更窄的路。洛伊丝给我的纸条上说:迪克西路,最后一间屋。我们沿这条路前行,没看到一栋房子。后来,我们经过一间小屋,有个男的站在屋前,他注视着我们驶过。他是个老头,留着胡子,没穿衬衫,他一副盛怒的表情,除了小时候以外,我没见过一个陌生人这么怒气冲冲地看我,我惊恐万分。铺过的路面到了尽头,再往前我们经过右手边两间小屋,然后又行驶了长长一段荒无人烟的路,接着我们找到位于那条路的最后的屋舍。给人感觉,它已经废弃多年。但我相信我从未见过比它更小的房子。我自己在一间很小的房子里长大,而这间房子要小得多。它仅一层楼,看上去像有两个房间。紧挨着它的是一个很小的车库。房子的屋顶凹陷——原本是个平屋顶,如今中间似乎快要塌进去,那房子粉刷成褐红色。

我不敢相信眼前所见。

我看着威廉,他面无表情——他惊呆了,我猜。

然后他看着我说:"这儿是我母亲长大的地方?"

我说:"也许洛伊丝搞错了。"

可威廉说:"不,我自己也查到这个地址。迪克西路。"

我们坐着,看着这处住所。一棵树往车库上方伸展出枝杈,丛生的灌木爬到房子的窗户上。

这间房子如此——如此——之小。

威廉关掉车子的引擎,我们沉默不语地坐着。透过窗户向内张望,屋里黑漆漆的;什么也看不见。我只能稍稍想象一下有人在那里面走动的情景。住所四周,草儿已经长得很高,几株年幼的小树挺立在近旁,有两棵甚至钻进了房子,从快坍塌的屋顶冒出来。

我扫视威廉,他脸上的表情困惑不已,使我对他心生同情。我明白:我这辈子绝不会想到凯瑟琳竟出身于这样一个地方。接着他看看我。"可以走了吗?"他问。我说:"我们走吧。"于是他发动车子,继续向前行驶,那条路太窄,没办法直接掉头,而且又是一条不通的死路,在路的尽头,威廉费了许多周折才把车子转对方向,我们加速离去。那男人仍站在他的屋前,在我们驶过时怒气冲冲地看着我们。

路旁的那张沙发不见了。

"这儿俨然跟恐怖电影里一样。"威廉说。

*

飞机五点起飞,我们一路沉默不语向班戈行驶。我们途经一家外墙油漆剥落的餐馆,那儿显然停业已久,但门外有一块牌子,上面用方方正正的字体写着:是不是只有我,身边再无一个我喜欢的人?

过了一阵,我说:"威廉。"他接话:"什么?"我说:"没什么。"接着我说:"威廉,你娶的是你的母亲。"我轻轻道出这话。

他向我转过头。"你什么意思?"

我说:"她和我一样。她的出身极其穷苦,她的父亲可能——她本人——我不知道我在讲什么。但你娶的是相同类型的女人,威廉。天下有那么多不一样的女人供你挑选,你却选了一个和你母亲一样的女人。我——甚至同样抛弃了我的孩子。"

威廉把车驶到路边。他一声不吭,他看着我。我差点转开头,因为他已经很多年没那么久久地看我。然后他说:"露西,我娶你,因为你浑身洋溢着快乐。你是个十足的开心果。后来,当我终于了解了你的出身——就是那天我们去你家,见你的家人,告诉他们我们要结婚的事,露西,看到你的家境,我呆若木鸡。我不晓得你出身于那样的家庭。我反复寻思:她到底是怎么变成现在这样的?她怎么可能在这种环境下长大,却如此朝气蓬勃?"他很慢地摇头。"至今我仍搞不懂你是怎么做到这一点的。你是独一无二的,露西。你是个精灵。你知道,前两天在兵营那儿,你感到自己穿梭于时空之间或什么的,嗯,我相信你,露西,因为你是个精灵。这世上绝没有另一个人和你一样。"稍后他补充道:"你让人对你倾心,露西。"

威廉再度开车上路。

我思考他的话,我觉得那天我一坐进纳什太太的车子,袭上我心头的就是这样的幸福感。"哦,威利。"我轻轻地说。

但威廉没再讲话。

*

后来威廉开始把自己封闭起来。我目睹这变化的过程。他的脸——说来奇怪——简直就像虽然他的脸还在,但那张脸背后的一切都藏了起来。我的意思是,你能看得出他在渐渐隐去。在我们行驶途中,他的脸变成那样。

我一度开口,主要为了起个话头:"我们的经历颇具美国特色。"威廉说:"何以见得?"我说:"我们的父亲在战争中效力于敌对的双方,你的母亲出身贫寒,我也是,可瞧我们,我们目前都生活在纽约,我们都事业有成。"

威廉没有看我,他说——他当即说出这话——"是啊,那个叫作美国梦。想想所有那些未实现的美国梦。想想我们在这儿第一天早晨见到的那个车里装满废品的老兵。"

我望着我那侧的车窗外。然后我意识到,那个站在迪克西路自家屋前,怒气冲冲看我们的男人,照年纪,可能是越战老兵,也许他真的亲历了越战。我在前面讲过,我对越战知之甚微。从小到大,我的生活如此闭塞,加上我正好出生晚,不认识有谁参加过那场战争。但在我上了大学、认识威廉后,这情况改变了,此刻我说的是:"你真幸运,没去越南,威廉。抽到一个那么好的征兵号码。想一想,你的人生本来会多么不同。"

"我一辈子都在想那个问题。"威廉说。而后他没再讲话。

我忽然悟到,我替威廉进去见洛伊丝·布巴,可能是越俎代庖了。假如我且多等一会儿,考虑周全,让他跟我一起去,她也许会同样和悦地招待他,和招待我一样。想到这一点,看着威廉板起脸开车的样子,我懊恼不已。我记起他说的第一句话:"她想不想见我?"

我只能告诉他,"不"。他的脸,那偶尔掠过他脸上的略带困惑的表情。我心想:如今又添了一个女人——照他看来——嫌弃他。我又一次想起托儿所的那位老师,在令他觉得自己如此特殊后,再也不去抱他。接着我想到,他被送去托儿所,也许是因为他的母亲告诉了他的父亲那个宝宝的事,他们的婚姻因此触礁，也许在那时，凯瑟琳无力照顾他。我觉得这么推测有几分道理。

因此我对他说："威廉，对不起，我急急忙忙下车，结果只有我得以见到她。我没有叫你和我一同去，我就自己急忙走了——"

他转头瞅了我一眼说："哎呀，露西，谁稀罕。说真的，我没见到她，有什么大不了。你知道我害怕，你只是想要帮忙。"又过了片刻，他补充道："我不会放在心上。得了吧。"

但他的脸依旧绷着，和先前一样。

*

我们驶入机场的停车处，一片巨大、空旷的停车场。可即使那么空空荡荡，我们还是转了几个弯才弄清还车的地点，我们卸下行李，往机场里走去。这机场——依我所见——甚至比我们飞抵的那晚还要陌生。它是个小机场。但它不像寻常的机场，我在我们走入之际心中这么觉得。机场里没有一处地方能买到吃的。当时是下午三点左右。

在我们继续往机场内走去时——我们还未通过安检——威廉说:"嘿,露西,我需要随便走一走。"我看着他说:"好的,要人陪你吗?"他摇头。"把你的行李交给我吧。"我说。

可我饿了,机场里没有地方能买到吃的,所以我拉着我们两人的行李,经小天桥往机场酒店走去,我一穿过那道双开门就看见酒店的餐厅打烊了。一块牌子上写着:五点开门。我长叹了一口气,转身往回走,我暗自寻思:这个州的人到底什么时候吃饭?就在我那么感慨之际,我看到一个我有生以来见过的最胖的人。他正要穿过那道我刚穿过的双开门,他已经推开其中一扇,但空间不够大,无法容他通过。他似乎年纪不老;他大概三十岁上下,我不确定。但他的喘息从他近似船一般的身躯两侧平息下去,他的脸上堆满肉,看不出表情。我放下一件行李,替他拉开另一扇门,他微笑,我觉得那笑容里包含的是羞愧之色,我说:"请。"他说:"谢谢。"并面带几分腼腆的笑意,接着他朝大堂的前台走去。

在走回机场的途中,我心想——我想的是:我懂那个人的感受。(可当然,我并不懂。)但我想的是：说来奇怪，一方面我觉得自己泯然于世，可另一方面，我知道被从群体中分离出来、惹人注目是什么滋味，只是依我的情况，人们见到我时谁也看不出这种矛盾。但我相信这种矛盾存在于那个胖子身上。还有我自己身上。

我从机场的一扇窗户看见威廉，他在绕着那巨大的停车场转圈子：他沿着一边走，直到我几乎看不见他，然后我看到他从另一边走回来，在我注视之际，他停下脚步，站着再三摇头。然后他又重新开始迈步。

哦，威廉，我心想。

哦，威廉！

*

当我们坐在机场的座椅上时，我再度察觉到威廉的脸。我对那表情的含义一清二楚：他失了魂。他对我说："你来告诉两个女儿发生的事，我不想讲。"我说我会的。我们上了飞机。它是一架小飞机，我们发现头顶上方搁不下行李，因此空乘——一位和气的小伙子——接过我们的行李，说我们可以到飞机边上取，意思是，在我们下飞机时，他们会把行李放在航空旅客桥上。

威廉坐在靠走廊的位置，因为他的腿比我的长，我们谈天说地——他用平淡的语调，又一次重提洛伊丝·布巴不想见他的事——接着我们安静下来，飞行时间不长。我望着窗外的纽约市，心中产生我每次坐飞机进入纽约时总会有的感触，一种夹杂了敬畏和感激的心情，因为这个庞大、散乱无章的地方接纳了我——让我在此落脚生活。每当我从空中看着纽约时，心里几乎都会有这种感触。我涌起一股莫大的感恩之情，我转向威廉，在想要道出这番心事时，我看见有一滴水状的东西从他脸的侧面滑落，当他定睛正视我时，从他另外那只眼里又流出一滴水状的东西。我心想，哦，威廉！

可他摇摇头，意思是让我知道，他不需要安慰——但谁不需要安慰呢？他只是不想要我的安慰。我们在航空旅客桥上等行李时，他一言不发，他也没再落泪。他整个人失魂落魄，从我们开车驶往班戈机场起，他就越发如此。

我们拉着行李走到出租车候客区，威廉比我先上出租车，他说："谢谢你，露西。稍后再联系。"

可他没有。他很久没与我联系。

*

那晚，我坐在出租车的后座，车驶过高架桥时，我突然想起在我们结婚初期，住在我们位于格林尼治村的公寓，我数度感到难受极了。原因和我的父母有关，我觉得我抛弃了他们——我确实如此——有时我会坐在我们的小卧室里，怀着几分撕心裂肺的痛而大哭，威廉会到我的旁边说："露西，和我讲讲，怎么了？"我会一味地摇头，直到他走开为止。

我那么做真是太残酷了。

直到今时我才想起这段往事。不许我的丈夫有机会安慰我——哦，那样做残忍得无法形容。

以前我不懂。

人生就是这样：许多事，当我们明白时已经太迟。

*

我们回来的那晚,我走进我的公寓,屋里空空荡荡!我知道这公寓将一直空下去,一瘸一拐的大卫永远不会再走进这里,我感到难以置信的凄凉。我把我的行李拖进卧室,接着我出来,在客厅的沙发上坐下,看着外面那条河,这地方空得骇人。

妈!我朝那个我多年来编造出的母亲大喊:妈咪,我伤心,我好伤心!

那个我多年来编造出的母亲说:我知道你伤心,宝贝。我知道你伤心。

我想起下面这件事:

很多年前,我看了一部纪录片,讲女囚犯和她们的孩子,里面有个女的,一个脸蛋秀丽、身形非常魁梧的女人,她把年幼的儿子抱在腿上——他大概四岁。那部纪录片讲的是让小孩和母亲在一起有多重要,片中的这所监狱以一种新的方式——就当时而言——让孩子与她们的母亲短期住在一起。这个小男孩坐在这位女士粗壮的腿上,他抬头看着她,他轻轻地说:"我爱你胜过爱上帝。"

我永远记得那一幕。

*

那个星期六,我和两个女儿在布鲁明戴尔百货公司碰面。见到她们真开心,见到店里别的人也一样。一般八月末,大家认为纽约的富人都去了长岛的汉普顿斯,但城里还是有大量平日常见的各类纽约人:骨瘦如柴、做过面部提拉和丰唇的老妇。我喜欢看她们;我的意思是,我感到我爱她们。

我仔细打量克丽茜,但我觉得她没怀孕。她稍许笑话了我一下,然后亲吻我,并说:"专科医生讲,三个月内,什么都别做,也别担心,现在尚不到三个月,所以我是在遵医嘱行事。所以,你也别担心了。"

"好吧,"我说,"我不担心。"

我们坐在一张桌旁,她们说:"快告诉我们都发生了些什么。"

于是我把这一路上发生的事悉数告诉两个女儿,

她们听得很认真。和我一样,在得知凯瑟琳的事后,她们诧异不已。接着我说:"你们和他通过话了吗?"

她们俩都点头,克丽茜说:"不过他一副浑蛋样。"

我说:"在哪方面?"

"讲话支支吾吾。你知道他那德行。"克丽茜把头发向后一甩。

"哦,我想他确实很伤心。"我一边讲这话,一边先后看看两个女儿。"瞧,他受了双重打击:先是埃丝特尔离开他,后来这个同母异父的姐姐不想见他。其实,他还受到了第三重打击。因为他见识了他母亲的老家。闺女们,那房子真是——真是——惨不忍睹。我想说,他没料到她出身于这样的地方。完全没料到。"

在我描述完凯瑟琳小时候住的房子后,她们俩——跟我和威廉之前一样——似乎都愕然。"实在太诡异了,我指的是,那女人会打高尔夫球。"克丽茜说。我明白她的意思。

又过了几分钟,克丽茜咬了一口她的酸奶冰激凌说:"你知道,我们有一个同父异母的妹妹,妈,我感到确实要对她负责。虽然我并不想要这样一个妹妹，但事实如此。"

"布里奇特近况如何？"我问。

贝卡说："她活在痛苦中，妈。我看了心里难过。"

"你们见过她？"

两个女儿说，几天前她们约她出来了一次。听到这话我吃了一惊，又觉得感动。她们带她去一家酒店喝下午茶。"她对我们态度友好，"克丽茜说，"我们也友好地待她，但她心里难过。所以事情不好办。"

贝卡说："也许带她出来喝茶是一件蠢事。可我们不知道还能和她一起干什么。我们想不出可以看的电影。也许我们应该带她去逛街购物。"

"哦，天哪。"我说。过了片刻，我对克丽茜说："你为什么觉得对她负有责任？"

克丽茜说："我不知道。我猜，因为，你知道，她是我的妹妹。"

"噢，你们俩那么做非常有爱心。"我最终对她们说，她们只是略微一耸肩。

贝卡说："对不起，我不该问你和爸爸是不是要复合。"

"哎呀，没事，"我说，"我能理解你为何这么问。"

克丽茜说："你能理解吗？"

"我当然理解。"我说。接着我补充了一句："只是我们肯定不会复合，就这样。"

"英明。"克丽茜说。接着她说："想到奶奶凯瑟琳是这样一个如你所述的人，真不可思议。我以为她是这个世上再正常不过的人。我爱她。"贝卡说："我也爱她。"

当时她们讲起祖母的往事；她们回忆她的家和那张橘红色的沙发，回忆她们的祖母会拥抱她们。"她简直要把我挤扁压碎，"贝卡说，"我十分爱她。"我不得不附和她们，说想到她们的祖母曾经过着这样的生活叫人不可思议，对此她们毫不知情，我和威廉以前也一无所知。

她们再度问起洛伊丝·布巴。"话说回来，你喜欢她吗？"贝卡问，我说："嗯。有点儿。你们小辈必须记住，她这一生始终以为你们的爸爸知道她。所以讲真的，鉴于这前因后果，她够和气了。"

"家住和气街。"克丽茜说。我说，没错，她的家在和气街。

贝卡说:"现在到处有这种事。因为那些网站。"她告诉我们,一个她认识的人,最近刚发现自己有一半挪威血统;原来他的父亲并不是那个抚养他长大的人。他的生父是个挪威人。"就是那儿的邮递员。"她说。

"别扯了。"克丽茜说。

可贝卡点点头,又说了一遍,那家伙的父亲实际是那儿的邮递员。挪威后裔。

我告诉她们,当我们在那个火车站、眼前仿佛看到他母亲逃离的画面时,她们的父亲讲了一句"该死的洛伊丝·布巴"。"对此我感到意外。"我说。

接话的是克丽茜,她用餐巾擦了一下嘴说:"令你意外的是他讲那句话吗?"

"在当时是,有一点意外。"我回答。

克丽茜说:"她是他同母异父的姐姐,竟然连见都不想见他。"接着克丽茜补充道:"不过爸爸有时有些幼稚。我的意思是,我多少理解她为什么会不想见他。"

"哎,她并不知道他有时有些——幼稚。"我说。

"哦,我明白,我明白——"克丽茜赶紧点头。"我想讲的其实不是那个意思。"

贝卡说:"可她是他同母异父的姐姐,主要因为这一点才应当见他吧。"

克丽茜发了一会儿呆,接着她对贝卡说:"想一想,当我们七十岁时,布里奇特来找我们,说——你会有何感受?这么讲吧,假使她冷不丁地上门,我们以前从未见过她,她说爸爸是一位多么了不起的父亲,那会怎样?"

"我听不懂你的话。"贝卡说。

但我觉得我明白。她讲的是子女间的某种嫉妒之情。

我想给威廉发短信说:别让女儿觉得你是个浑蛋。

可我没发。

和她们道别时,就我而言,心中有种伤感;我们和每次一样,互相拥抱,我们告诉对方,我爱你。

那天走路回家的途中,我思量着两个女儿带布里奇特去酒店喝下午茶的事。鉴于布里奇特的出身，鉴于她们每个人的出身，这么做不算特别令人意外，但想到我从小生活的那间斗室——啊，我实在解释不清我的感触！但想想非常奇怪，我的孩子——只相隔一代——她们的经历和成长环境已经与我如此不同，简直天壤之别。也和凯瑟琳的成长环境完全不同。我不知道为何在那一刻，我突然这么强烈地有此感触，但这感触就那样油然而生。

后来不知怎的，我忽然想象起如果活到今天这个岁数的凯瑟琳。设想她老成那样，我在心中倒抽一口气；我深感哀伤，如同我们想象自己的孩子非常年迈时感到哀伤一样，想到他们生机勃勃、富有气势的脸变得苍白而虚弱，他们的手足僵硬，他们大限已至，我们却爱莫能助——不堪设想，但在所难免。

*

我始终纳闷，为什么凯瑟琳一死，我就想改回我的本名。在我的记忆中，我对她有种排斥感，觉得她过分介入我们的婚姻。可这是很久以前的事了，所以我真搞不懂原因。但念及上述过往,我突然想起在她去世后,威廉做了一个梦,梦见自己和她坐在汽车前座,我在后座,她不停地撞上她前面的车。

哦,凯瑟琳,我心想——

在照料她期间,我甘之如饴。我的意思是,我喜欢照料她。我觉得我和她一拍即合。我相信是的。

可她去世后,她最好的朋友——在她生病的最后两个月里一次也没来探望过她——对我说:"凯瑟琳十分喜欢你,露西。"接着她说:"我的意思是,她了解……哦,你知道,她明白有人……哎,"那女的举起手一甩,"她真心喜欢你。"我没有请她解释何出此言,以我的个性,我不会那么做。我只说:"我也喜欢她。我爱她。"可我感到——现在依然感到——一丁点被凯瑟琳出卖的刺痛。她对她的朋友讲了某些有关我的(近乎?)负面的事,我觉得意外和有几分受伤。

不过有一件奇怪的事是:她去世后,我记得我曾心想,至少现在我可以买属于我自己的衣服了。她去世后不久,我给自己买了一件睡袍。

*

回来之后,又过了两个星期,我打电话给威廉,问他近来如何,他说:"噢,露西。我还过得去。"我明显听出他不想讲话——也许他正要去见一个新的帕姆·卡尔森?或甚至就是那个帕姆·卡尔森?很有可能是这样。

可我感到难过极了。我的心情和大卫去世时一样,之前我始终没有走出那悲伤,但和威廉去缅因州是一次散心,此时我明白过来。无非是让我忘却失去挚爱的丈夫的痛。

可他死了,威廉没有。

实际的情形是:每天晚上,在去商店买了食品杂货或见完一个朋友后,当我转过街角、朝我的住处走去时,我幻想威廉坐在我住的公寓楼的大堂的椅子上,他缓缓起身说:"嘿,露西。"我一次又一次这么幻想着,认为他会回来找我。

但他没有。

＊

和他通完电话后，过了没多久，当时已是九月，我撞见埃丝特尔。在格林尼治村的布勒克尔街的一家店——嗯，我猜是时髦人士光顾的店，那儿有许多这样的店，但这家，我知道是克丽茜喜欢的，她的生日将近，所以我去格林尼治村。我走进那家店，我看见一个女的瞥了我一眼、然后把头转开，接着她又转回来，原来是埃丝特尔，我猜她本来希望我不会看到她。

"嘿，露西。"她说。我说："嘿，埃丝特尔。"她没有做出要亲吻我的姿势，所以我也没凑向她。接着我说："你近来如何，埃丝特尔？"她说她挺好的。我觉得她看起来老了一点。她的头发比以前长，过去我经常羡慕她头发的那种狂野不羁，但相比以前那样，现在这头发似乎有点离谱；我的意思是，在我看来，这发型不适合她。

接着她对我说："威廉怎么样？"我说："哎，你知道。他还行。"我朝她淡淡一笑；我对她心存不满。

"好的。那么——"她似乎不知该说什么，我没有替她解围。接着她说:"克丽茜和贝卡,她们好吗?"我当然清楚,她不可能再知晓她们的情况,顶多是布里奇特告诉她一些有关她们的事。埃丝特尔迟疑地说:"我知道克丽茜前不久流产了,就在我——"

于是我告诉埃丝特尔,克丽茜目前在看专科医生,尝试再怀孕,埃丝特尔遂说:"噢!"接着她把手放在我的胳膊上。但我仍没有替她解围。只不过我思忖,我应该问问布里奇特的情况,于是我问了,埃丝特尔说:"她没事。你知道。"

我想说,我听说她非常伤心。但我只是站在那儿,直到她说:"好吧,露西,再见。"

后来,在她转身离去时,我瞥见她的脸,她的表情痛苦不堪,我解开心结,我说:"等一下。"她转回身,我说:"埃丝特尔,你做你需要做的事,不用顾虑我们其余人。"或许我讲了类似那样的话,之前我对她态度不好,我在试图弥补。

我想她明白我的心思,因为她骤然用十分诚恳的语气说:"你知道,露西,当一个女人离开她的丈夫时,大家都同情那丈夫,他们这么做理所当然!但我只想说——"她妩媚的眼睛环视店内,接着重新看着我。"我只想说，对我而言，离开他也不是那么容易的事，我知道重点不在于此，我不是为自己讲话，但我只想说，我亦失去了丈夫。还有布里奇特，失去了父亲。"

听完我几乎对她有了好感。我说："我清楚地知道你在讲什么，埃丝特尔。"我相信她从我的脸上看出我确实知道，因为她伸出双臂拥抱我，我们亲吻了彼此的脸颊，然后她开始语带哽咽地说："谢谢你，露西。"

她往回抽身，看着我说："哦，露西，见到你真是太好了。"

两个星期后，我在切尔西区看见她，我几乎从来不去那一带，但我正好去看望一个在那儿租下一间公寓的朋友，埃丝特尔和一个男人走在一起，不是生日会上的那个家伙，她挽着他的手臂——他看起来年纪颇老，跟威廉差不多——正兴致勃勃地与他讲话，我很容易让自己不去看她——我在马路对面。

也因为那样，她没有看到我。

*

我回想起洛伊丝·布巴。我想着,她给人感觉健康自然;我的意思是,如我先前所言,她给人感觉,内心自在踏实。她的家里到处是家人的照片,那房子以前是她母亲住的。想到她住在她母亲从小生活的房子里,照料着她外祖母种下的蔷薇丛,我暗自诧异。可我为什么会吃惊呢?我想原因仅是,她能感到那儿是她的家,而我从未有过那种家的感觉。她的母亲爱她,她反复对我说。她指的当然是玛丽莲·史密斯,那个嫁给她父亲的女人。但洛伊丝·布巴不像一个在刚出生的第一年里曾被疏于照顾的女人。凯瑟琳必定是爱她的。她必定抱起过她,把她搂在怀中,她必定在她第一次发烧时担心忧虑,她必定暗暗激动地看见这孩子第一次在她的婴儿床上扶着栏杆站起来。她必定……我不停地想下去。

我们永远不会知晓。

但我确定我的母亲不是那样。我知道我所付出的代价,那代价无法与我哥哥姐姐所付出的相提并论。

在我上大学一年级时,有一位英语系的教授,他多次请全班人——班上人不多——去他家。他的太太也在家。后来我与这位教授及他的太太成为朋友,有一天她对我说——当时我已经大四——"我一直记得你第一次来我家、我见到你时的情景,我心想:'那姑娘肯定觉得自己一文不值。'"

我哥哥的经历令我痛心得不忍记述。他为人善良,一辈子住在我们儿时生活的那个小房子里。就我所知,他从未交过女朋友或男朋友。

我姐姐的人生也叫人心酸。她更争强好胜,我认为这一点对她可能有好处。但她生了五个孩子,最小的和我一样:她获得一所大学的全额奖学金。可念了一年后,她——我的外甥女——返回家乡;如今她和我的姐姐在同一间养老院工作。

我的哥哥和我的姐姐,我越来越清楚地认识到——虽然这种认知仍混沌不明——他们的人生会这样,是因为他们从出生的那刻起没有得到充分的爱。

我惊讶于——我的精神科医生、那位善解人意的女士也惊讶于——我竟能够去爱人。她说："露西，许多像你这种情况的人，根本连试也不试。"所以威廉说我身上洋溢的快乐到底是什么？

是快乐。
谁知道为什么呢？

我回想着上大学时，我在校外住了一年——只不过那一年我大部分时间待在威廉的公寓，在走路去学校的途中，我会路过一栋房子，我注意到这房子的女主人有孩子，我会透过窗户望见她，她很漂亮——在我看来，有几分姿色。节假日时，她家餐厅的桌上会摆满吃的，那几个快成年的孩子会围坐在桌旁，她的丈夫——我猜是她的丈夫——会坐在桌子的一端，我会从那排窗户旁走过，心想：将来我会和她一样。我会过上这样的生活。

可我成了作家。

写作是一项需要全身心投入的职业。我想起唯一在写作上给过我一点教诲的人说:"不要负债,不要生小孩。"

但我想要小孩胜过想要事业。我有了小孩。可我同样需要我的事业。

所以近来我时而思忖,我多希望过一种不同的人生——这么想很傻,既感情用事又荒唐可笑,但我的脑中还是浮现下面的念头:

我愿意放弃一切,我在写作上的所有成就,我愿意统统放弃——我可以在一瞬间全部不要——换取一个完整的家庭,孩子们知道他们有父母的疼爱,他们的父母不离不弃、相亲相爱。

有时我产生这样的想法。

最近,我把这想法告诉一个同住在市区的我的朋友,她也是一位作家,她没有孩子,她听后说:"露西,我绝不相信你愿意那样。"

她那么讲,令我有一点不好受。我隐隐感到落寞。因为我讲的是实话。

*

我没猜错,果然有个帕姆·卡尔森。我们从缅因州回来后,过了一个多月,威廉打电话给我,他说:"露西,你能用谷歌搜索一下这人吗?"他告诉我一女人的名字,我用谷歌搜索,随即我对他说:"哎哟,不行,她有问题——天哪,不行。"他遂说:"啊,露西,谢谢你。"

在威廉和我都单身的那些年里——我们各自未再婚或又离了婚时——我们会这样彼此照应,提供此类建议。

我无法具体说明他叫我用谷歌搜索的这个女人是什么地方引起我的反感,但有一张类似社交场合的照片,我指的是她穿着一件长礼服和其他人一起,她约莫比我年轻十岁,她身处的那地方陈设讲究,不过问题出在她的表情,她的气质或什么的,让我顿时心生厌恶,我想我可能指的是某种优越感,威廉说:"我先是和她眉来眼去,现在,她拼命想与我有进一步的发展,前几天晚上,她请我去她家,我恨不得拔腿就走。"

我说:"算啦,别再去找她。她不是你要的类型。"他回道:"谢谢你,露西。"他又说:"这下她该恨我了,因为是我主动追求她的,可我一得到她——哎,天呀,我受不了她。"我说:"管她恨不恨你呢。"他说:"你讲得对。"

所以我猜得没错。

曾有几次——我指的是最近——我感觉我的童年像幕布似的再度围着我落下。我被可怕地关在里面,一种无声的恐怖:我觉得,圈住我的是我整个童年时期的经历。前些天,这段过往倏忽一下重新浮现于我的脑海。回忆来得无声无息、历历在目,以这种方式让我重温我从小到大内心所感到的万劫不复,知道自己绝无办法离开那个家(除了去上学以外,上学对我来说意味着一切,虽然我在学校没有朋友,但我走出了那个家)——让这些往事重新浮现于我的脑海,使我看到什么是了无生气、凄凉得骇人的境地:

没有出路。

我想说的是，在我年少时，我没有出路。

回忆这些事令我想起在大卫患病前夕，有一次，我到南方腹地做一个演讲，翌日早晨，在去机场的途中，组织讲座的那位女士对我说："你不是很像城里人。"这位女士从小在纽约长大，我拿不准该如何看待这句评语；在我听来，她讲话的语气不是赞许。

但在她说这话的当下，我想到我童年小得可怜的家。我的第一反应是涌起些许颓丧，自此我对这件事念念不忘：

在我晚年时，我的身上重新出现那股异味，有时人们的表现——依我所见——仿佛我有一种他们不喜欢的气味。那天早晨开车送我去机场的那位女士是不是那样觉得，我不清楚。

如今想到这事，我记起洛伊丝·布巴形容凯瑟琳·科尔"多么有都市派头"，她见到她时，她光着腿，穿着带绳边的连衣裙，我心想：凯瑟琳，你做到了，你成功了，你跨越了我们这个圈子的界线！我认为在一定程度上她确实如此。她打高尔夫球。她去开曼群岛旅行。为什么有些人知道如何实现这一点,其他人,比如我,却依然抹不去出身的痕迹?

我想知道答案。我永远不可能知道。

凯瑟琳,她的身上总带有属于她自己的香味。

我想强调的是,有一种教养上的空白怎么也摆脱不了,只不过那空白并非一个点,而是如一张巨大的画布,这种空白使人活在惶惶不安中。

仿佛是威廉领我走入这个世界。我指的是,在我能走入的程度内。他那么做是为了我。凯瑟琳也是如此。

*

啊,我好思念大卫!我想起在他去世前的两天里,他什么话也不讲,甚至真的连动也不动,他去世的那刻,我不在房间,我正好出去打电话。后来我得知,这种情况在人们身上很常见:等到心爱的人走出房间后,他们才能离世。

可护士告诉我,她说——(天啊!)——大卫有开口讲话,他的眼睛虽然闭着,但他说了话。他的遗言是:"我想回家。"

*

我曾经认为,和他在一起,我并无真正家的感觉——但其实我有!这儿就是我和他的家,这间可以眺望河与城市的小公寓。

我不后悔住在这里,即使怀着悲伤也不后悔。

我忽然想起,每天早晨,他很爱在他的麦片上加覆盆子。新鲜的覆盆子。他会去周日来城里摆摊的农贸集市,每年七月,他会去集市买覆盆子,我们把买的覆盆子冻起来,这样他可以全年都有覆盆子加在早晨的麦片上。我想起有一天早晨,他约了四日后做结肠镜检查,医生吩咐,五天内不能吃含籽的东西,那天,我们正要开始吃麦片——这段时光是一天里我最喜欢的时光之一,和我的丈夫坐在一起,享用我们简单的早餐——他突然说:"等一下,我没加覆盆子。"我提醒他医生的嘱咐,我看到他的脸一沉——那表情犹如伤心的小孩沉下脸一样,噢,上帝啊,我们知道小孩有时会有多伤心——他说:"可连今天也不行吗?"

于是我站起身,给他拿了他的覆盆子——每天晚上,他从冷冻柜里取出一点,用来放在第二天早晨他的麦片上——我说:"行,还不到时间。"那天,他吃了麦片上的覆盆子,他心情愉快。

当深爱的人过世后,我们有一些莫名其妙的回忆,上面这件事就是那样,所以我提出来:那天大卫吃了他的覆盆子,他心情愉快。可我记起这段往事,我的心因此而作痛。

我将再只讲一件有关大卫的事,然后就到此为止:

有三四年,我和某个我正在交往的人去听爱乐乐团的演出。我注意到那位拉大提琴的男士。因为他上台时动作迟缓。我后来打听出(我在这本书的上文中提到过),由于儿时的一次意外,他一侧的髋骨坏了,他个头矮,略微有一点肥胖,每次上台或下台时——

因为偶尔我会留下来,望着他离去——他总是走得很慢,脚一高一低,他看起来比他的实际年龄更苍老;他头发花白,头顶有一小块秃斑。他的大提琴拉得优美动人。我第一次听到他演奏肖邦的升C小调练习曲时,我心想:只要能听他演奏,我今生足矣。可现在我不确定我竟有那样的想法。我只是说,在这个世上,除了听他演奏以外,我别无所求。

和之前交往的那个男人分手后,我自己去听了两次爱乐乐团的演出,第二次听完回到家,我用谷歌搜索那位大提琴演奏者,我花了一点时间,但总算查到了他的名字——大卫·艾布拉姆森——我不知道他有没有妻子。网上除了显示他为爱乐乐团演奏以外,几乎没有任何关于他的资料。我第三次自己去听演出时,在结束之际,望着他走下舞台,我突然心生一念:我要去找他。于是我寻到他可能会走的剧场后门,他果然从那扇门里出来,当时是十月,没那么冷,在他出来时,我朝他走去,我说:"抱歉,打扰你我真过意不去,我叫露西,我爱你。"我不敢相信我讲了那话!我说:"噢,我指的是我爱你的音乐。"

这个可怜的男人站在那儿，他和我差不多高——我的个子并不高——他说："啊，谢谢你。"他正要迈步离去。我说："别走，真抱歉，我这么讲听起来像个疯子。我只想表示，我爱你的音乐，至今已有好几年。"

那男人就站在门前的路灯下，他看着我，我看得出他在看我，最后他开口："你说你叫什么名字？"于是我又对他讲了一遍，他说："那么，露西，你想喝杯东西吗，或是咖啡，或吃点什么？随便，你来选吧。"

后来他说这事简直像是天意。

我们在六个星期后结婚，先前，我总是因自己在和威廉结婚后变得多么异常古怪而对再婚心存顾虑，这次我没有。

和大卫·艾布拉姆森在一起，我一点没有变得古怪或异常，和他结婚后，生活照旧，与那晚我第一次认识他以来没有丝毫不同。

*

接下来的数周里，我想着威廉，想到以前我曾认为他让我有安全感。我纳闷我为什么会那么想,因为实际并无道理。不过生活中的事无道理可言。我思忖:威廉,这个男人是什么样的人?

我还想到他——如那天我在缅因州对他讲的——娶的是他的母亲。可当我嫁给他时,我嫁的是谁?我肯定不是嫁给我的父亲——

是我的母亲吗?

我回答不出这个问题。

我想起我们要回来时,我在机场见到的那个肥胖无比的人,我觉得我和他一样:虽然我感到自己泯然于世,可我又觉得我的身上有个明显的记号,只是没有人能一眼看出来。接着我心想:啊,威廉也是醒目的人。

由此我想起洛伊丝·布巴,她坐在椅子上向前探身,问起我,有关威廉:"是不是——你知道——他有什么问题?"

我心想:洛伊丝·布巴,见你的鬼去吧。威廉当然有问题!这么一想,我差点笑出来。因为现在我会像威廉一样反击她了。

*

后来有一天早晨——当时是十月初——我去河边散完步，走进我住的公寓楼，威廉出现在大堂。他正坐在一张椅子上看书，在我进去时，他慢悠悠地合拢他腿上的那本书，然后站起来说："你好，露西。"他的胡子不见了。他的头发剪短了。我不敢相信他完全变了个模样。

"你来这儿做什么？"我问。

他笑了笑——近乎真的放声一笑。

"我来向你请教一个问题。"他说这话时微微一鞠躬，接着他瞥了看门人一眼，然后又回头看我，他说："我可以上去吗？"

于是威廉上楼到我的公寓，他怯生生地走入屋内。"我都忘了你住的地方是这个样子。"他说。

"你什么时候进来过？"我十分紧张，我不知道为什么，只是他没了胡子、头发剪短后，整个人不一样了。

"大卫去世时，我来帮你处理必要的手续。"他说,他环视四周。

天哪,我心想,你当然来过。

"说吧,怎么回事?"我问。"为什么换这么个新模样?"我把手放在自己的嘴上,示意他以前的胡子。

他耸耸肩说:"我想我该尝试一些变化。厌倦了爱因斯坦的造型。"接着他近乎面带兴奋地说:"现在我觉得我像——"他道出一位知名演员的名字,"你不觉得吗?"

我上一次见到威廉脸上没有一点胡子是在很久很久以前——我们还年轻,简直少不更事。如今他不年轻了。

"哦,"我说,"也许吧。有一点。"我没办法把威廉和他刚才提到名字的那位演员联系起来。

接着威廉又扫视了一下四周说:"住在这儿挺舒服的。"他还说:"地方虽小,也有点乱,但很舒服。"他犹疑地在沙发边缘坐下。

"你这副样子很像你的母亲,"我说,"噢,天哪,威廉,你的嘴和你母亲的嘴一模一样。"确实如此:他的嘴唇很薄,他母亲的嘴唇也是。但他的颧骨隆起的角度不同,他的眼睛,说来奇怪,似乎不如以前那么大。我意识到他减肥了。

上午的阳光从可以眺望河的窗户洒进来。

威廉说:"嘿,露西!理查德·巴克斯特的家乡是在缅因州的雪梨瀑布镇。不是我们去的那地方。"

我不知道该说什么,所以我没讲话。

威廉说:"记不记得你去过雪梨瀑布镇?"我点头,他说:"哎呀,我搜寻他的信息,结果查到他的家乡在那里。很奇妙,对吗?"

"我想是吧。"我说。

接着威廉一边眯起眼抬头望向我,一边说:"露西,你想不想和我一起去开曼群岛?"

我说:"什么?"

他说:"你想不想和我一起去开曼群岛?"

我说:"什么时候?"

威廉说:"这个周日?"

"你不是在开玩笑?"我问。

他说:"再晚一点我们会遇上飓风季。"

我在窗边的椅子上缓缓坐下。我说:"哦,威廉,我服了你。"

他只是一耸肩，面露微笑。接着他站起，把双手插入口袋。"瞧，"他的头朝下一点，然后抬起，近乎孩子气地扫了我一眼，"这裤子不短，对吧？"

他穿的是条卡其裤，事实上，那裤子有一点偏长。我说："不短，很好，威廉。"

他重新在我对面的沙发上坐下。"我们就一起去吧，露西。"他说。阳光照到他的眼睛，我起身，拉拢百叶窗。

"老兄，我真是服了你。"我一边说，一边再度坐下。

后来他似乎难过起来。他说："抱歉。"

我望着他，他坐在那儿，两个手肘支在膝盖上，低头看地板。我心想：威廉，你是个什么样的人？

可我的反应不止如此：我浑身一阵轻微的战栗，这种感觉异乎寻常。

威廉最后央求地看着我。"我希望你可以和我一起去，芭嘟。"他说。

他那样称呼我怪怪的。我的意思是，令我觉得怪怪的。不自然或怎样。

我说："你在看的是什么书？"他举起那本书。是简·韦尔什·卡莱尔的传记。我说:"你在读那书?"

威廉说:"是啊,你听过这本书吗?"我说我读过,而且我很喜欢,他说:"原来如此。我也喜欢,但我刚开始读。"

"你怎么挑中这本传记的?"我问。

他微微一耸肩说:"噢,有人推荐的。一位女士。"

"啊。"我说。

接着他说:"我觉得我应该开始增加对女人的了解,所以我在读这本书。"

这话令我哈哈一笑,由衷的欢笑,我觉得这话很滑稽。他看着我,仿佛不大理解那话有什么地方如此滑稽。

"这本书的作者,那女的是我的一个朋友。"我说。他听完,似乎并无多大兴趣。

接着他说:"就跟我一起去开曼群岛吧。我们周日出发,周四回来。我们在那儿待三天。"

"我明天给你答复,"我说,"来得及吗?"

威廉说:"我不懂,你为什么不直接答应。"

"我也不知道原因。"我说。

接着我们聊起两个女儿。我说我在试着学我的母亲，她对我怀孕的事未卜先知——只不过我想预见的对象是克丽茜。"但我做不到，"我说，"我不确定她会不会怀孕。"

"未卜先知这种事，不是你想就能办到的。"他说。这是实话。

我说："唉，确实如此。"

他挥了挥手说："她会再怀孕的。"我说："但愿如此。"我差点告诉他，克丽茜说他是个浑蛋，但眼下我对面的这个男人似乎不同于从前，他没了胡子、头发剪短后显得陌生。所以我什么也没说。

我们互相亲吻脸颊，然后他走了。

*

那晚我躺在床上，想起威廉和他在我公寓里时的面容，想起我们的谈话，我恍然大悟：噢。他失去了他的权威。

想到这一点，我坐了起来。

想到这一点，我下床，在公寓里来回踱步。

他果真失去了他的权威。

是因为胡子吗?

也许吧。我怎么知道?

当时我记起下面的事:

离开威廉后,过了几年,我与一个男的在一起,他住的地方,马路对面是曼哈顿的一间博物馆。那男的爱我;他想和我结婚(他就是带我去听爱乐乐团演出的那人),可我不想嫁给他。他是个好人,但他令我心神不宁。我记得的是以下的事:马路对面,岿然不动地矗立着那栋博物馆。每晚——我大概一周有三天在他那儿——这栋细长的高楼里亮着一盏灯,我总是想象有人在那儿工作到很晚;我在脑中幻想一个男人,年纪轻轻或中年,有时是个女人,他——或她——对那份工作如此感兴趣,以致非得在那儿待到很晚不可。当他——或她——独自在这间博物馆亮着灯的高楼里工作时,想必会感到寂寞,我总是被这种寂寞所打动。我获得慰藉!夜复一夜,我望着博物馆的那栋高楼里几扇被灯照亮的窗户,想到有个寂寞的人在那儿彻夜工作，我觉得如此安心。

可是数年后我意识到，我从来没有不看到那灯光的时候，无论周五、周六或周日的晚上，那灯永远亮着，因而直到许多年后我才明白过来，在我望着那灯光的几个钟头里——午夜过后，凌晨三点，天明前夕、外面的光线尚未亮到让人看不出那盏仍开着的灯时——没有人在那儿工作。直到许多年后我才明白，支撑我的是一个迷思。

在那期间，那栋楼里没有人。

但我——在我的记忆里——怎么也抹杀不了我人生中那许许多多个夜晚所获得的慰藉，当时我离开了我的丈夫，我非常恐惧，我躺在那个睡着的、爱我却总令我心神不宁的男人旁边，我看见这盏灯亮着。那栋高楼里的这盏灯帮我度过那些时光。

可那盏灯并非我所以为的那样。

*

我和威廉的故事正是如此。

我不敢相信这一点，我像受到一股巨浪的冲击。威廉好比博物馆里的那盏灯，可我活了一辈子，始终认为这盏灯是有价值的。

然后我转念一想：这盏灯是有价值的！

我坐在椅子上，眺望城市的灯火。从我的公寓可以看见帝国大厦，我望着那栋楼，然后我看看那些与我的住处相隔咫尺的公寓，它们之中里总有几间亮着灯。

后来我心想：好吧，我会尽我所能，假装没这回事。

我不想让威廉知道我刚才有的这番领悟，以免他受伤。我也不想让自己受这番领悟的影响。是的，也许事实如此，但我要尽可能诚实地说，我不希望威廉有丝毫觉察到他已不再是我心中的那盏灯。

可我这辈子铭记于心的汉赛尔和格莱特的故事，它消失了。我不再是那个指望汉赛尔给我领路的小孩。威廉就也——一下子——不再是那个给我安全感的人。

我知道吃安眠药毫无用处。我起来，在公寓里来回踱步,然后我在窗边的椅子上坐了良久。

我想起我们的女儿。我想到贝卡是最离不了他的人:她觉得她的父亲具有权威,只是她从未用过"权威"一词。但当我坐着,想起她甜美、天真的面孔时,我的内心深受触动。我想起克丽茜,她可能也仍那样看待他;毕竟,他是她的父亲。不过她似乎——在我眼里——做好了对付他的准备,而我心爱的贝卡从来没有。谁知道为什么呢?究竟有谁知道为什么一个孩子长大后变成这样,另一个变成那样?

太阳开始升起,我发短信给威廉:好吧,我去。他立刻回消息道:谢谢你,芭嘟。

然后我睡着了。

快到中午时,我在公寓里忙来忙去,把要带去开曼群岛的衣服拿出来放到床上。我不断停下,坐在床上思忖。我当然清楚威廉为何决定叫我去那儿,而不是去别的地方。我想象自己坐在躺椅上的画面,挨着他的躺椅,晒着太阳,就跟凯瑟琳以前一样。我想象他读着他那本写简·韦尔什·卡莱尔的书,我则读我自己的书;我想象我们时不时放下书,聊几句,然后再次拿起我们的书。

有一刻,我坐在床上大声道出:"哦,凯瑟琳。"

然后我心想:哦,威廉!

*

可当我想着"哦,威廉!"时,我指的难道不也是"哦,露西!"吗?

我指的难道不是"哦,所有的人,哦,这个大千世界里每一位可爱的人,我们不了解谁,我们甚至不了解我们自己!"吗?

可我们一丁点、一丁点地有所了解。

但我们每个人都是一则神话,神秘莫测。我的意思是,我们全是谜。

这一点可能是这个世上我知道的唯一属实的事。

致谢

我要感谢以下人士:

首先并一如既往地,我要感谢我的朋友凯西·张伯伦,她对语言真实性的鉴赏力在很大程度上使我成为今天这样的作家。

感谢我已故的编辑苏珊·卡米尔,她如此信任我,使我在创作上获得我需要、我想要的自由。

同样,我要感谢我目前了不起的编辑安迪·沃德,他十分欣然地接手了工作;感谢支持我并出版我作品的吉娜·琴特雷洛;感谢兰登书屋负责我作品的全体人员,我深深地敬重你们;感谢对我始终不渝、和我有着难以置信的默契的代理人莫莉·弗里德里克和露西·卡森;感谢我的女儿扎里娜·谢伊,谢谢你的慷慨和信任;感谢我的老朋友、给这个故事提供灵感的达雷尔·沃特斯;感谢我的朋友贝弗利·戈洛戈尔斯基、珍妮·克罗克和埃伦·克罗斯比谛听我；感谢李·卡明斯和桑迪·卡明斯，没有你们的协助，我搜集不到那些关于德国战俘在缅因州的经历的资料；感谢气宇轩昂的本杰明·德雷尔担任我的文字编辑，"本博士"。还要感谢马蒂·法因曼，这些年来他一直支持我的工作，谢谢你。

还有劳拉·林内，你无意间、神奇地给这整本书增添了光彩，同样谢谢你。